Friedrich Spielhagen

Hans und Grete

Friedrich Spielhagen

Hans und Grete

ISBN/EAN: 9783743652590

Hergestellt in Europa, USA, Kanada, Australien, Japan

Cover: Foto ©Andreas Hilbeck / pixelio.de

Weitere Bücher finden Sie auf **www.hansebooks.com**

Hans und Grete.

Eine Dorfgeschichte

von

Friedrich Spielhagen.

Zweite Auflage.

Berlin, 1869.

Druck und Verlag von Otto Janke.

I.

eute ging's im Dorf noch luftiger zu, als die Tage vorher, obgleich das rechte, echte Kirmeß= tage gewesen waren. Heute war Nach=Kirmeß, oder Burschen=Kirmeß, wo die jungen unverheira= theten Bursche die Wirthe machen, aber nicht auf eigene Kosten — sie haben selbst nichts, die armen Teufel, oder haben das Wenige, was sie hatten, in den Tagen vorher längst verjubelt! — sondern auf Kosten der Wohlhabenderen im Dorf, die den „Burschen" wohl oder übel das Nothwendige — das ist: Zum Essen und Trinken vollauf — liefern müssen.

Wohl oder übel! denn dies Burschen=Heischen ist ein uralter Brauch, dem sich Niemand entziehen

kann, und zu dem selbst der geizigste Bauer gute
Miene machen muß, für ein so übles Spiel es der
Filz auch in seinem Herzen hält.

Das Spiel ist aber so:

Um die Mittagszeit, wenn die Tische rings um=
her in den Häusern gedeckt sind, ziehen die Burschen
aus der Schenke, die „Heischer" voran, die Andern
hinterher. Die Heischer aber — zu denen immer
die Durchtriebensten gewählt werden — haben sich
wunderlich ausstaffirt, ja wohl unkenntlich gemacht,
und jeder hat einen langen Sack über der Schulter
hangen. So geht's unter Musik und Singen und
Gejohle das Dorf entlang von einem wohlhabenden
Haus zum andern, oder vielmehr von einem Haus
ins andere und zwar direct ins Zimmer hinein, wo
die Familie beim Mahle sitzt, vielleicht mittlerweile
schon abgegessen, aber bei Leibe nicht Alles aufge=
gessen hat. Im Gegentheil, da liegen Brote, frisch=
gebacken, Würste oder ein tüchtiges Stück von einem
Schinken, manchmal auch wohl ein ganzer, und eine
große Branntweinflasche steht daneben, und Alles ist

gute Beute für die „Burſchen", die es, ohne viel
Federleſens zu machen, in die großen Säcke ſtecken,
ſich bedanken und weiter „heiſchen" gehen, bis ſie
die Runde gemacht haben, und, mit ihren Schätzen
beladen, wieder zur Schenke ziehen, wo dann ge=
geſſen und getrunken, getanzt und gejubelt wird bis
an den hellen Morgen.

Jetzt war's Mittagzeit, und ein ſo klarer, ſon=
niger Herbſtmittag, wie ihn ſich ein Kirmeß=Burſch
nicht klarer und ſonniger wünſchen kann. In der
Schenke ſtanden alle Fenſter auf und aus den offe=
nen Fenſtern ſchallte Singen und Lärmen und zwi=
ſchendurch ein heller Juchzer weit ins Dorf hinein.
Vor der Schenke aber hatten ſich die Dorfkinder
verſammelt, die in Erwartung der Dinge, die da
kommen ſollten, auch ſchrieen und lärmten, um die
Wette mit den beiden großen Hunden vor dem
Karren des alten Pantoffel=Claus, der eben heim=
gekommen war — zur unglücklichen Stunde — wer
hatte jetzt Zeit, ſich um ſeine Waare zu bekümmern!
Selbſt die rothbäckigen Dirnen, die, ſich einander

unterfaffend, in einiger Entfernung ftanden, blickten nur immer zu den Fenftern empor, und ftießen fich in die Seiten und kicherten und kreifchten, wenn — was von Zeit zu Zeit gefchah — einer von den Burfchen fich oben zeigte und ihnen mit der Flafche winkte, oder ein Wort zurief, das der Lärm ver= fchlang.

Du, fagte die Eine, heute dauert's aber lange.

Ift auch ganz was Befonderes, fagte die An= dere, Bruder hat mir's gefagt:

Was hat er gefagt? riefen fechs Stimmen auf einmal.

Ich darf's nicht wieder fagen, rief Anne=Ka= thrin, nein, gewiß, ich darf's nicht, laßt mich zu= frieden.

Sie weiß nichts, gelt? fagte die Erfte.

Die Andern lachten.

So? ich weiß nichts? fagte Anne=Kathrin eifrig, na! jetzt kann ich's wohl fagen; fie müffen ja doch gleich kommen. Der Hans ift zurück.

Von den Soldaten? — Winzig's Hans? —

Der lange Schlagtodt? so riefen die Andern durch=
einander. Ist's möglich? Seit wann denn? wo
hat er gesteckt?

Laßt mich zufrieden! noch einmal sag ich's,
schrie Anne=Kathrin, Ihr reißt mir ja die Kleider
vom Leibe. Gestern Abend spät ist er gekommen,
als der Schulze schon Feierabend geboten hatte; hat
nur noch Wenige in der Schenke getroffen, meinen
Bruder und ein paar Andere. Die haben gleich
verabredet, daß Hans heute unter den Heischern
sein soll, und etwas recht Tolles will er machen, der
Hans — was, weiß ich nicht. Gelt, da sind sie!

Die Musikanten kamen aus der Schenke die
Trittstufen hinab und bliesen einen ohrenzerreißen=
den Marsch; hinter ihnen in der weitaufgerissenen
Thür zeigten sich drei sonderbare Gestalten.

Die eine links war in ein graues Gewand ge=
hüllt, das um den Leib mit einem breiten Gurt
zusammengehalten war. Auf dem Kopfe trug sie
eine graue Perrücke von Ziegenhaar, und ein zott=
liger ellenlanger Bart von demselben Stoff fiel ihr

weit über die Brust herab. Alles in Allem sollte
sie wohl den Knecht Ruprecht vorstellen, hätte sich
aber mit vielleicht noch größerem Erfolge für einen
polnischen Juden ausgeben können; die andere rechts
war ähnlich ausstaffirt, nur daß Perrücke und Bart
aus Hobelspänen bestanden, was — in Verbindung
mit der Axt, die sie im Gürtel stecken hatte —
schon mehr auf einen Holzfäller oder Kohlenbrenner
hindeutete. Zwischen diesen beiden Gestalten schritt
eine dritte, die eine ungeheure Haube auf dem Kopf,
einen jener kurzen Frauenmäntel, wie sie in der
Gegend getragen werden, um die Schultern hatte,
und nach unten zu in einem Weiberrocke stak,
oder vielmehr in mehreren, denn es hatten augen=
scheinlich zwei oder drei zusammengenäht werden
müssen, um Beine von so außerordentlicher Länge
zu bedecken.

Die Gestalt nämlich überragte weit die beiden
Andern, die doch auch stattliche Bursche waren, und
diese enorme Größe, welche durch die Frauenkleider
scheinbar noch erhöht wurde, zog das Lächerliche

einer solchen Erscheinung fast ins Ungeheuerliche. Es war kein Wunder, daß die kleineren Dorfjungen heulend davon liefen, die größeren wie besessen schrieen, die Hunde des Pantoffel=Claus an ihren Strängen zerrten und nach dem Ungeheuer schnapp= ten und rasend bellten, während der Pantoffel=Claus grimmig schalt. Ein paar Dutzend Gänse, die sich ebenfalls eingefunden hatten, stoben mit hellem Ge= tön auseinander, die meisten in den Bach, der auf der andern Seite der Dorfstraße floß; die Mädchen kreischten, die Burschen, die hinter den „Heischern" herzogen, johlten, die Musici thaten ihr Möglichstes mit Blasen und Pfeifen — es war ein Höllen= spektakel, daß sie in den Häusern überall an die Fenster und vor die Thür liefen, den Zug der Bursche kommen zu sehen.

Der bewegte sich nun die Dorfstraße hinab, aber wie angelegentlich auch jeder der Burschen die Auf= merksamkeit durch Schreien, Rufen, Johlen und Mützeschwenken auf sich zu ziehen suchte, wie possir= liche Sprünge auch der mit dem Ziegenbart machte,

und wie gravitätisch auch sein Collège mit den Ho=
belspänen einherschritt, — das vorzüglichste Interesse
concentrirte sich doch auf den Langen in den Weiber=
kleidern, und man mußte es ihm lassen, daß er
seine Rolle gut zu spielen verstand. Bald trippelte
er wie ein Dorfjüngferchen, das sich die Sonntags=
schuh auf einem verregneten Wege nicht beschmutzen
will, bald schritt er stolz einher und fächerte und
drehte sich wie eine Stadtdame, jetzt warf er den
Mädchen nach rechts oder links verliebte Küsse zu,
jetzt that er ehrbar, als wenn's zur Kirche ging,
und jetzt, als man an einen Rinnstein quer über
die Gasse kam, hob er gar die Röcke vorne sehr
zierlich mit Daumen und Zeigefinger bis zum Knie,
und zeigte die langen Beine, die in Soldatenhosen
staken.

Es ist eben noch der Alte, sagte der Bäcker
Heinz, der, die Hände wie immer in den Taschen,
vor der Thür stand, zu seinem Nachbar, dem Kauf=
mann Wesemeier, welchen der Lärm hinter seinem
Ladentische hervorgelockt hatte.

Ja, das ist er, antwortete Herr Wesemeier —
ein kleines, hageres Männchen — der alte lustige
Vogel, der alte lustige Vogel.

Herr Wesemeier sagte das aber gar nicht lustig,
einmal, weil er überhaupt etwas melancholischen
Temperamentes war, und sodann, weil ihm plötzlich
vorkam, als ob der lange Hans die schönen Sachen,
die drinnen in der Stube auf dem Festtisch standen
und den „Heischern" zugedacht waren, ganz allein
würde aufessen können.

Sie kommen zu Euch zuerst, Nachbar, sagte der
Bäcker.

Ja, das thun sie, das thun sie, sagte Herr
Wesemeier.

In der That schwenkte der Zug jetzt von der
Straße links auf den nicht allzubreiten Steg, der
über den Bach auf Herrn Wesemeiers Haus zu=
führte, und ein ungeheures Schreien und Juchzen
entstand, als jetzt der Hans, anstatt über den Steg
zu gehen, mit einem Satze über den Bach sprang,
daß die Weiberkleider weit hinter ihm in der Luft

flatterten, bis unmittelbar vor Herrn Wesemeier, der voll Entsetzen ein paar Schritte zurückfuhr, während der Bäcker nur eben mit den dicken mehligen Lippen lächelte und sagte: hat dich der Teufel noch nicht geholt, Hans?

Der Hans machte statt aller Antwort einen tiefen Knix und verzog sein hübsches Gesicht zu einer scheinheiligen Fratze.

Na, dann wird er's wohl bald thun, Hans? sagte der Bäcker.

Nicht eher, als bis Ihr die größten Semmeln auf dem Walde backt, sagte der Hans, mit einem zweiten noch tieferen Knix.

Der Bäcker warf ihm einen bösen Blick zu, aber jetzt kamen auch die Andern herangeschwärmt, und gerade hinein in des Kaufmanns Haus ging's. Herr Wesemeier folgte den Burschen und sah mit saurer Miene und indem er die Hände übereinanderrieb (wodurch er seine Behaglichkeit und Gastfreundschaft ausdrücken wollte) zu, wie die Burschen, was

auf dem Tische stand — es war nicht allzuviel —
in ihre Säcke steckten.

Wirst wohl nun bei uns bleiben, Hans? fragte
Herr Wesemeier.

Glaub's nicht, erwiederte der Hans, indem er
ein sehr mageres Schinkenbein in den Sack schob,
die Schweine haben mir hier zu viel Knochen.

· Damit warf der Uebermüthige seinen Sack über
die Schulter, und als er aus dem Hause trat, that
er, als ob er unter der Last zusammenbrechen müsse,
was dann wieder ein gewaltiges Lachen und Schreien
der draußen Versammelten hervorrief.

So ging's das Dorf hinab, von Haus zu Haus,
und immer größer wurde der Schwarm, der mitzog,
und immer lauter und gellender das Schreien und
Lachen, denn immer tollere Capriolen und Possen
trieb der Hans, und wenn sie glaubten, jetzt habe
er seinen letzten Trumpf ausgespielt, wußte er im=
mer wieder ein Schelmenstückchen, das noch besser
war, als alle die vorhergegangenen.

Man hatte jetzt das ganze Dorf „durchgeheischt"

und war auf dem Rückwege beinahe schon wieder zur Schenke gekommen, als plötzlich einer von den Burschen rief: Jetzt müssen wir noch zum Schul= meister!

Ja, ja, zum Schulmeister! riefen die Andern wie aus einem Munde.

Der Schulmeister und Küster Selbitz hatte von seiner verstorbenen Frau Seite ein Stückchen Land, welches er selbst bewirthschaftete, und mochte somit wohl zu den Bauern gezählt werden, auch war noch alle Jahre bei ihm „geheischt" worden, wie bei den Andern; aber der Hans, der noch eben der Tollste der Tollen gewesen und in der That mehr als halb berauscht war, wurde mit einem Male ganz nüchtern und ernsthaft und sagte: Da mache ich nicht mit.

Du mußt, Du mußt! schrien sie von allen Seiten.

Und ich will nicht! sagte der Hans.

Er fürchtet sich vor dem Schulmeister seiner Ruthe! rief ein Witzbold.

Oder daß der Herr Vormund ihm das Maul verbietet! ein Anderer.

Oder vor der Grete ihren schwarzen Augen! ein Dritter.

Der Hans stand da und schoß wilde Blicke auf die Neckenden, als ob er sie am liebsten gleich ge= prügelt hätte; plötzlich aber warf er den Sack, der jetzt voll und schwer war und den er vor sich hin auf die Erde gestellt hatte, mit einem Ruck wieder auf die Schulter und sagte durch die Zähne: Na, so kommt!

Und weiter ging's unter erneutem Lärmen die schmale Nebengasse hin, wo zuerst rechts und links die beiden Teiche waren, der größere und der klei= nere, und dann noch ein paar Häuser standen, von denen das erste des Schulmeisters Haus war — weiter hinten und etwas abseits vom Dorfe lag auf einem Hügel die Kirche mit dem Friedhofe und die Pfarre unter hohen Linden und Pappeln.

Der Hans war mit seinen langen Beinen so schnell vorauf geschritten, daß die Andern sich in

Trab setzen mußten, um folgen zu können. Das hatte denn die Lustigkeit nur erhöht, so daß es war, als ob die wilde Jagd über des Schulmeisters friedliche Wohnung hereinbreche, und die Grete, des Schulmeisters Tochter, die in dem kleinen Gärtchen vor dem Hause gestanden und auf den Lärmen im Dorfe gelauscht hatte, als sie den tobenden Haufen kommen sah, schnell ins Haus hineinflüchtete in die Stube, wo der Eßtisch noch gedeckt stand, während der Vater an einem andern in der Nähe des Fensters saß und gravitätisch langsam in einem dicken Buche Linien zog.

Der Schulmeister war ein schon ältlicher Mann mit einem hagern, langen Gesicht, das die kahle Stirn noch länger erscheinen ließ. Seine Augenbrauen hatte er beständig in die Höhe und die Ecken seines nicht mehr mit allen Zähnen versehenen Mundes nach unten gezogen, was ihm ein sehr strenges und mürrisches Aussehen gab, besonders in diesem Augenblicke, wo er sich, ärgerlich über die unliebsame Störung, zu seiner Tochter umwandte und mit knarrender Stimme rief: So kommen sie doch wohl, die Tagediebe, die Trunkenbolde?

Ja, Vater, sagte das Mädchen schüchtern. Sie warf einen ängstlichen Blick auf den Tisch, dessen dürftige Ausstattung ihr jetzt — im letzten Momente — doppelt schwer auf der Seele lag; aber sie wagte nicht, was sie ursprünglich gewollt hatte, den Vater zu bitten, schnell noch etwas — ein paar Würste, ein paar Brote — gleichviel was — dazu thun zu dürfen; sie wußte, daß der genaue Vater es doch nicht erlauben würde.

Die Tagediebe, die Trunkenbolde! wiederholte der Alte, indem er aufstand, das große Buch zu=klappte, sich die Feder hinter das rechte Ohr steckte und auf die Thür zuschritt, gleichsam um den Kom=menden durch seinen Anblick von vornherein den Muth zu nehmen, sich allzu ungebührlich zu be=tragen.

Wenn dies aber die Absicht des Alten war, so hatte er sich arg verrechnet. Freilich hatten von

den Burschen draußen seiner Zeit jeder wer weiß
wie oft den schulmeisterlichen Rohrstock auf seinem
Buckel gefühlt, und diese Erinnerung, zusammen mit
der Erscheinung des gestrengen Herrn, hatte noch
immer selbst die übermüthigsten Bursche bei ähn=
lichen Gelegenheiten in Zaum gehalten; heute aber,
wo es unter der Anführung des Hans so ganz be=
sonders toll und lustig beim Heischen hergegangen
war, wollten sie einmal zeigen, daß sie sich nicht
mehr vor der Ruthe fürchteten, und wollten sich, so
zu sagen, für die in früheren Jahren ausgestandene
Angst und für den angestammten Respect schadlos
halten. So entstand denn, wie Herr Selbitz auf
seiner Thürschwelle erschien, ein ohrenzerreißendes:
Vivat, der Herr Schulmeister soll leben, und seine
Tochter Grete daneben! Die hinten Stehenden
drängten auf die vorne, so daß der lange Hans
und die beiden andern Heischer nebst einem halben
Dutzend der Burschen mit Gewalt fast in die Haus=
thür auf den Flur, aus dem Flur in die Stube
geschoben wurden, wohin sich denn Herr Selbitz,

der ganz bleich geworden war, noch vor ihnen
retirirt hatte.

In der Stube fielen denn die Burſche gleich
über den Tiſch her und ſteckten, was ſie fanden, in
die beinahe vollen Säcke, nur der Hans rührte ſich
nicht, ſondern ſtand da — in ſeinem Weiberanzug,
der ihm überdies auf dem Weg durchs Dorf halb
ſchon vom Leibe geriſſen war, gar lächerlich und
abſcheulich anzuſehen — und ſtarrte auf die Grete,
die, mit weiblichem Takt die allerbeſte Miene zum
böſen Spiel machend, lachend und ſcherzend den
Burſchen beim Abräumen des Tiſches half, bis Einer
von ihnen ihr zurief: Wie gefällt Dir denn der
Hans, Grete? Gelt, der ſieht gut aus? und bei
dieſen Worten auf den Hans deutete.

Grete ſchaute zum erſten Male auf zu der
wunderlichen Geſtalt. Das Lachen erſtarb auf ihren
Lippen; ſie wurde kreidebleich und ließ mit einem
Ruf des Schreckens das Brot, das ſie in der Hand
hielt, auf den Fußboden fallen.

Der Hans war, wie die Grete ihn anſah,

nicht minder bleich geworden; seine Augen fuhren ihm wild im Kopfe herum, als ob er fürchtete, die Wände hier würden über ihm zusammenbrechen, und ehe noch die Grete sich von ihrem Entsetzen erholen oder der Schulmeister, der nicht minder erschrocken zu sein schien, ein Wort sagen konnte, stürzte er aus der Stube auf den Flur, zum Hause hinaus, hinter ihm her mit Hurrah und Vivat und Halloh die wilde Schaar.

Sie hatten die Thür weit aufgelassen; Herr Selbitz schlug sie zu, daß es krachte; dann trat er zu seiner Tochter heran, die noch immer bleich, mit offenem Munde, während die Arme ihr schlaff an den Seiten herabhingen, vor dem heruntergefallenen Brote stand und sagte: Nun, Grete, da ist ja Dein lieber Hans wieder; und einen schönen Empfang hast Du ihm bereitet, das muß ich sagen!

Die Grete bückte sich, das Brot aufzunehmen und es auf den Tisch zu legen. Sie antwortete aber nichts.

Und das muß ich Dir noch weiter sagen, fuhr

der Alte fort, deſſen Zorn das Stillſchweigen der
Tochter nur noch ſtärker anzufachen ſchien: Du kennſt
den Lump nicht mehr und ſprichſt kein Wort mehr
mit ihm, wenn er ja verſuchen wollte, hier zu
bleiben; kein Wort, das ſag' ich Dir!

Aber Vater, ſagte das Mädchen, deren bleiche
Wangen jetzt plötzlich eine helle Röthe übergoß, der
Hans iſt doch Dein Mündel und meiner ſeligen
Mutter leibliches Schweſterkind.

Und es bleibt dabei, kreiſchte der Alte, ich will
mit dem Bettler nichts mehr zu ſchaffen haben, und
Du ſollſt nichts mit ihm zu ſchaffen haben, oder es
iſt auch aus zwiſchen uns Beiden! Verſtanden?

Er zog ſich den Hausrock aus und den Ausgeh=
rock an, ſtieß die Tochter, die ihm dabei helfen
wollte, unſanft zurück, riß den breitkrämpigen Hut
vom Nagel, rief noch einmal, ſchon auf der Schwelle:
Verſtanden? und verließ die Wohnung, den Weg
nach der Pfarre einſchlagend.

Grete mußte den Vater nur zu gut verſtanden
haben, denn als die ſchwarze Geſtalt deſſelben an

den Fenstern vorübergeschritten war, sank sie auf
einen Stuhl, drückte sich die Zipfel der Schürze in
die Augen und weinte bitterlich.

II.

Es war Abend geworden. Der Vollmond war über die Berge heraufgestiegen, hoch in den wolkenlosen Himmel. Die Schieferdächer der Häuser schimmerten in seinem Licht. Kaum ein Lüftchen regte sich; nur manchmal schauerte es ganz leise durch die hohen Pappeln, die am Rande des großen Teiches standen und dann wehten ein paar dürre Blätter herab auf das schwarze, im Mondschein schimmernde Wasser. Drei Gänse, die man in all' dem Wirrwarr des Tages einzutreiben vergessen hatte und die jetzt an dem Rande des Teiches bivouakirten, zogen plötzlich, alle mit einem Male, die Köpfe unter den Flügeln hervor und schnatterten und zischelten; denn nicht weit hinter ihnen aus einem der kleinen Gärtchen, die zwischen dem Teiche und den Hinterseiten der Häuser lagen, war eine weibliche Gestalt herausgetreten, hatte sich, als sie aus dem Gärtchen in das helle Mondlicht kam, scheu umgesehen und war dann, als alles still blieb und selbst die Gänse, nachdem sie sich von der Harmlosigkeit des Störenfriedes überzeugt, die Köpfe wieder unter die Flügel gesteckt hatten, eilenden Fußes auf dem grasigen Rande fortgeschritten, bis sie etwas weiter hin in den dichten Schatten gelangte, den der steile Landgrafenberg über diesen Theil des Ufers und noch eine Strecke in den Teich warf. Dort blieb sie stehen und holte tief Athem, wie Jemand, der ein gefährliches Abenteuer glücklich überstanden hat. Und doch wurde sie von Niemand erwartet und sie ihrerseits erwartete auch Niemand. Sie hatte nichts weiter gewollt, als allein sein, ganz mutterseelenallein, um sich so recht allein, allein und verlassen zu fühlen, und sich noch einmal so recht von Herzen ausweinen zu können.

Zwar hatte sie von heute Mittag an noch nicht

viel Anderes gethan als geweint, aber sie hatte es
sehr verstohlen thun müssen — hinter der Stuben=
thür ein paar Augenblicke, ein paar Minuten auf
dem Boden, ein paar in dem Ziegenstall, ein paar
am Brunnen — denn der Vater, der von seinem
Ausgange bald wieder zurückgekommen war, hatte
sie immerfort scharf im Auge behalten, und auch vor
der Magd, der Christel, hatte sie sich in Acht nehmen
müssen. Christel, die heut Abend in die Schenke
zum Tanz ging, sollte nicht erzählen können, daß
die Grete, seitdem sie den Hans wieder gesehen,
„nur noch geheult habe". Jetzt war die Christel
zum Tanz, und der Vater hatte noch einmal zu
dem Herrn Pfarrer hinauf gemußt, und da hatte es
die Grete nicht in der Stube gelassen, wo die Wände
Ohren hatten und die alte Schwarzwälder Uhr
hinter der Thür am Ende gar dem Vater wieder=
erzählte, was sie gehört. Hier draußen war's
besser; der Teich war still und tief, der sagte nichts
wieder; die hohen Pappeln bekümmerten sich nicht
um so ein kleines Mädchen, das da an ihrem Fuße

weinte, und der Mond — ach! der liebe Mond
hatte schon mehr als einmal da oben gestanden,
wenn sie mit dem Hans sich hier ein Stelldichein
gegeben, noch in der letzten Nacht vor zwei Jahren,
als der Hans unter die Soldaten ging und hier
an dieser Stelle von ihr Abschied nahm.

Daß sie ihn so wiedersehen mußte! Ja, ja,
das war es, worüber sie geweint hatte, worüber
sie jetzt wieder weinte, und — wie ihr kleines
volles Herz ihr in diesem Augenblick sagte — immer,
immer weinen würde. So wiedersehen! in diesem
Aufzuge, zerlumpt, zerrissen, mit glühenden, brannt=
weinfeuchten Augen, ein Spaßmacher für die Dorf=
kinder! So wagte er in ihr Haus zu kommen,
wagte so, wenn sie von sich selber auch absehen
wollte, obgleich sie das wahrlich nicht um ihn ver=
dient hatte! — wagte, so vor ihren Vater hinzu=
treten, seinen Oheim und Vormund, der von jeher
mit ihm unzufrieden gewesen war, immer behauptet
hatte, es werde noch einmal ein schlechtes Ende mit
ihm nehmen, und heute wieder, als er vom Pfarrer

zurückkam und den Hut an den Nagel hing, gesagt hatte: Siehst Du, Grete, das kommt davon, wenn man Gottes Wort nicht fürchtet. Jetzt ist es klar, der Hans ist ein verlorner Mensch und wird ein Ende nehmen, wie sein Vater, als Wilddieb und Säufer. Das meint der Herr Pfarrer auch, und der Herr Pfarrer hat gesagt, er werde schon dafür sorgen, daß er nicht allzulange hier bleibe, denn ein räudiges Schaf stecke leicht die ganze Heerde an.

Ach Gott, ach Gott! das von dem leiblichen Vater hören zu müssen! und wenn er nun gar Recht hätte, wenn der Hans wirklich so grundschlecht geworden wäre! Und doch, das war ja gar nicht möglich! Wild war er immer gewesen, und auch wohl leichtsinnig und zu jedem tollen Streiche bereit, aber schlecht, richtig schlecht? nein, und nein und dreimal nein.

Hundert kleine Geschichtchen fielen der treuen Seele ein, die alle beweisen sollten, daß der Hans mit nichten einen schlechten Charakter habe — Geschichtchen, die in Wald und in den Feldern, im

Gärtchen hinter dem elterlichen Hause, hier am Teich, überall rings umher spielten, vor vielen, vielen Jahren — so ein zwölf bis vierzehn — wo er und sie — sie ein ganz kleines Mädchen und er, der ihr schon als kleiner Junge immer wie ein Riese an Körperkraft und Körperlänge erschienen war — noch zusammen spielten durften, und er ihr Vogel= eier von den höchsten Bäumen holte, oder hübsche Steinchen aus dem tiefsten Wasser, und ihr Weiden= ruthen zu Körbchen flocht und Baumrinde zu Schiffen schnitt und Alles that, was er ihr an den Augen absehen konnte. Und das war doch gewiß auch nicht schlecht von ihm, daß er sich später, als der Onkel (nach dem Tode der Tante) sich dem Trunk ergeben hatte, trotzdem zu seinem Vater hielt und die Dorfjungen, wenn sie hinter dem Trunkenen herlärmten, mit blutigen Nasen und Köpfen nach Hause schickte! Und das konnte man ihm doch auch nicht verdenken, daß, als die Schwäger (Hans' Vater und ihr eigener Vater) über den Bergwerksantheil in Streit und hernach in Prozeß geriethen (über

den der Onkel weg starb), er wiederum auf seines
Vaters Seite gestanden hatte! War es denn nicht
hart, daß dem Hans in Folge dieses Prozesses, in
dessen Kosten er noch dazu verurtheilt wurde, nichts
auf der Welt übrig blieb, als das kleine, alte, ver=
fallene Häuschen drüben am jenseitigen Ufer? und
hatte er so Unrecht, wenn er es eine Sünde nannte
(und noch viel schlimmere Worte darüber in den
Mund nahm), als das Gericht, auf Antrag des
Gemeinderathes, ihm seinen Onkel, Gretchens Vater,
den Mann, der ihm das Seine abprozessirt hatte,
zum Vormund setzte?

Die arme Grete mußte wohl jetzt an das Alles
denken, denn es war unzählige Mal mit allem Für
und Wider in ihrer Gegenwart durchgesprochen
worden, in dies Ohr von dem Vater, in das andere
von dem Hans, daß sie manchmal vor Kummer und
Herzeleid sich hätte in den Teich stürzen mögen und
sich ordentlich leicht fühlte, als der Hans, nachdem
er sich festgeloost, vor zwei Jahren unter die Sol=
daten ging, und zwar nicht in eine der Nachbar=

städte zu liegen kam, sondern, weil er so groß und stark war, weit fort in die Residenz mußte unter die Garde, nicht in die Residenz Seiner Durchlaucht des Landesfürsten, sondern nach Berlin — von wegen der Militärkonvention, oder wie das schwere Wort hieß.

Ja, ordentlich leicht war's der Grete ums Herz geworden, aber die Freude hatte nicht lange gedauert — kaum vierundzwanzig Stunden. Dann war ihr das Herz wieder schwer geworden, viel schwerer noch, als vorher. Sie hatte gar nicht gewußt, was es nur eigentlich war; sie wußte nur, daß sie immer an den Hans denken mußte, wo sie ging und stand, bei der Arbeit, im Hause, in der Kirche sogar, und immer nur an den Hans. Ja, in der Nacht, wenn sie erwachte — sie hatte es früher nie gethan, und jetzt geschah es so oft! — wenn sie erwachte in der Nacht, war es, als ob sie des Hans Stimme gehört hätte, ganz vernehmlich: lieb' Gretchen, oder: wie gehts, Gretchen? oder etwas der Art. Im Anfang hatte sie sich ordent-

lich gefürchtet, so sehr deutlich war die Stimme ge=
wesen; dann aber hatte sie sich daran gewöhnt,
hatte ein Vaterunser gesprochen und immer hinzu=
gefügt: und behüt' mir meinen Hans, lieber Gott!
— hatte ein paar Minuten noch in die Sterne ge=
schaut und war dann ruhig wieder eingeschlafen.

In dem letzten Jahre aber, als Hans gar nie=
mals schrieb, hatte sie die Stimme seltener ge=
hört, endlich gar nicht mehr; sie hatte auch des
Hans' Lieblingslieder, die sie manchmal halbe Tage
lang bei der Arbeit leise und laut, wie's eben kam,
vor sich hingesungen, nicht wieder angestimmt, und
hatte geglaubt, sie sei doch dem bösen Hans, der
sie gewiß schon lange in der großen Stadt ver=
gessen habe, gar nicht mehr gut; aber dann brauchte
nur ein Mensch schlecht zu sprechen von dem Hans
— und das kam — Gott sei's geklagt! — noch
immer oft genug vor, oder sie brauchte auch nur
des Abends an des Hans' väterlichem Haus vor=
beizugehen, das jetzt schrecklich verfallen aussah, und
nur von einer armen Wittfrau mit vier häßlichen,

halbnackten Kindern bewohnt wurde — da war es ihr immer gleich so sonderbar ums Herz, und sie wußte wieder, daß sie doch noch dem Hans gut sei, und keinem Burschen sonst, am allerwenigsten dem dicken reichen Jakob Körner, der sechs Pferde im Stall hatte und zu denken schien, er brauche bloß anzupochen, da müßten die Thüren aus den Angeln fliegen.

Durch Jakob Körner war es auch — und es war dies das einzige Mal gewesen —— daß direkte Nachricht von Hans in das Dorf kam. Herr Körner, wie er sich nennen ließ, nachdem sein Vater gestorben, hatte eine große Reise gemacht, sich die Welt anzusehen, und war auch bis nach Berlin gekommen. Da war ihm der Hans auf der Straße begegnet, Arm in Arm mit einem paar Kameraden, und sei halb betrunken gewesen, der Hans; und zum zweiten habe er ihn in einem Tanzlokal getroffen, aber diesmal nicht halb, sondern ganz betrunken.

Grete hatte kein Wort davon geglaubt; sie hatte

an zu weinen gefangen, als Herr Körner so schänd=
liche Dinge von dem Hans erzählte, und hatte
durch ihre Thränen hindurch — in ihres Vaters
und noch einiger Nachbarn Gegenwart — Herrn
Jakob Körner ins Gesicht gesagt: ein so reicher
Mann solle sich schämen, wider einen armen Jungen,
der Niemand ihn zu vertheidigen habe, so bösen
Leumund zu reden; er solle doch wenigstens warten,
bis der Hans zurück sei, und es ihm ins Gesicht
sagen, wenn er dann noch den Muth dazu habe. —
Der Vater war außer sich gewesen über diese Rede
und hatte ihr den Mund verboten und sie ins Haus
geschickt; aber jetzt! aber jetzt!

Das arme Mädchen drückte das Gesicht in die
Hände und fing wieder an zu weinen. Es war
so still um sie her, und in die Stille hinein schallte
der Lärmen von der Schenke; brum, brum, brum
ging der Baß, und manchmal hörte sie auch ein
paar Takte von der Melodie, oder gar einen hellen
Juchzer. Das schnitt ihr jedesmal durch die Seele.
Nicht, daß sie auch hätte dabei seyn mögen! Der

Vater hatte ihr das nie erlaubt; sie wußte es nicht anders, als daß sie nicht tanzen dürfe und sich vergnügen, wie ihre Gespielinnen; aber daß er da tanzen konnte und juchheien, während sie hier am stillen Teiche saß und sich um ihn härmte — das war zu schlecht von ihm, zu schlecht!

Aber ich will auch nicht mehr weinen, sagte die kleine Grete; keine Thräne mehr um ihn; ich will ihn nie wieder sehen, nie, nie wieder an ihn denken. Und wenn ich ihm begegne —

Das Mädchen fuhr bei diesem Gedanken erschrocken in die Höhe. Ein Windhauch strich durch die Pappeln, daß sie zischelten, und die Gänse, die so lange still gewesen waren, fingen an zu schnattern; und da — war das nicht eine Menschengestalt, die da ganz in ihrer Nähe — nur ein paar Schritte von ihr — an dem Stamm eines der Bäume stand?

Grete wollte fliehen, aber es war, als ob sie ihre Füße nicht vom Boden heben könnte; ihr Herz schlug zum Zerspringen, ihre Augen starrten auf

die große Gestalt, und im nächsten Momente war
die Gestalt an ihrer Seite; eine wohlbekannte Stimme
sagte leise: Gretchen, ich bin's, und der Hans streckte
die Arme aus, und eh' sie noch wußte, wie ihr ge=
schah, hatte er sie von der Erde aufgehoben, als
ob sie ein Kind wäre, und sie geküßt. Und jetzt
stand sie wieder auf ihren Füßen, am ganzen Leibe
zitternd vor Schreck und Liebe und Zorn.

Ja, vor Zorn! — Wie durfte er sie küssen, der
schlechte Mensch vom Tanzboden! der Spaßmacher,
der Trunkenbold!

Und, was der kleinen Grete nur eben noch fast
das Herz abgedrückt und ihr so viele Thränen ge=
kostet hatte, das kam nun Alles aus ihrem kleinen
Munde mit einer solchen Zungenfertigkeit und Leiden=
schaft! Der Hans stand daneben, ließ den Kopf
und die langen Arme hangen und sprach kein Wort,
bis Grete zum Schluß ihrer Predigt und zur Be=
stätigung dessen, was sie gesagt, anfing jämmerlich zu
schluchzen, und, die Hände vor das Gesicht drückend,
weg wollte, aber geradenwegs in den Teich hinein

gelaufen wäre, wenn der Hans sie nicht gehalten
hätte.

Gretel, sagte Hans, Gretel!

Mehr sagte er nicht, aber, so oder so, mußte
es gerade das rechte Wort gewesen sein und den
rechten Ton mußte er auch getroffen haben, denn
Grete wollte nun nicht mehr weglaufen, weder nach
Hause noch in den Teich, sondern duldete es, daß
der Hans sie sanft um den Leib faßte und zu sich
nieder auf denselben Baumstumpf zog, auf dem sie
vorher gesessen hatte.

Nun war die Reihe zum Sprechen an den Hans
gekommen, und da erschien freilich Alles ganz anders,
daß es der Grete wie Schuppen von den Augen
fiel. Was hatte er denn so Böses gethan? Er
hatte nicht geschrieben? Wie sollte er schreiben?
und an wen? Er hatte keinen einzigen Freund im
Dorf, auf den er sich verlassen konnte, nicht einen!
und an sie selbst hatte er doch nicht schreiben können,
ohne daß es der Vater erfahren, und der würde
ihr einen schönen Text über den Brief gelesen haben.

Dafür habe er aber immer an sie gedacht, jeden
Tag die zwei Jahre hindurch; wenn er Posten ge=
standen habe im Winterwetter in der Nacht und
die Sterne über ihm geglitzert hätten am Himmel,
habe er an sie gedacht, und auf dem Marsch in
Staub und Hitze, wenn ihm die Zunge am Gaumen
geklebt und er seine Seligkeit für einen Trunk
Wasser gegeben haben würde — immer habe er
an sie gedacht. Und was der dicke Jakob Körner
erzählt habe, das sei Alles erfunden und erlogen; ge=
trunken habe er wohl — ob ein Soldat nicht trinken
solle? — auch wohl einmal ein Glas über den
Durst, aber sich betrunken? nein, nicht ein einziges
Mal. — Und glaubst Du denn, Gretel, daß ich
heut Morgen betrunken war? Lustig bin ich ge=
wesen, daß ich wieder hier war und Dich wieder=
sehen sollte. Zum Heischer hab' ich mich machen
lassen, um den Jungen zu zeigen, wie man's an=
fangen müsse, aber in Deines Vaters Haus habe
ich gar nicht gewollt, und bin nur gegangen, als
sie mich neckten und ich wußte, daß ich die Sache

nur noch schlimmer machen würde, wenn ich nicht
mit ginge. Der Vater hat auf mich geschimpft,
gelt? das weiß ich; aber laß ihn schimpfen, Du
weißt doch wohl, warum er's thut. Ich hab' ihm
nie was Böses gethan; er aber mir desto mehr.
Na, Gretel, wollen davon nicht sprechen. Geschehen
ist einmal nun geschehen; ich will nicht wieder von
der alten Geschichte anfangen, er soll's aber auch
nicht. Er soll mich in Ruhe lassen und mir keinen
Knüppel in den Weg werfen, wenn ich mir morgen
hier einen Dienst suche. Ich habe einen guten Ab=
schied bekommen, und stark bin ich auch noch wie
sonst und vielleicht noch stärker. Da kann's mir gar
nicht fehlen. Sie werden mich Alle haben wollen,
und wer am besten zahlt, der soll mich haben.
Dann verdiene ich ein schweres Geld, und wenn's
genug ist, Gretel, dann machen wir Hochzeit.

Und der Hans nahm sie wieder in seine Arme
und herzte und küßte sie, und die Grete ließ sich's
gefallen, denn es hatte Alles so treu und gut ge=
klungen, was er gesagt, und wenn er sie heirathen

wollte, mußte er's ja doch ehrlich meinen, obgleich noch mancher Berg dazwischen lag.

Hans aber wollte nichts davon wissen. Die Welt sei rund und drehe sich; wer nicht wage, nicht gewinne; was ein ordentlicher Soldat sei, der scheue das Feuer nicht, und so heiß werde auch nichts ge= gessen, als es gekocht werde.

Das ging dem Hans vom Munde, wie Wasser vom Mühlrad, und Grete mußte lachen einmal übers andere — ja, sie lachte jetzt selbst über den Aufzug heute Morgen, nur daß er der Christel aus der Schenke ihre Kleider angehabt habe, wollte ihr nicht gefallen. Die Christel sei ein schlechtes Mäd= chen und der Herr Pfarrer habe sie auch letzten Sonntag nicht zum Abendmahl gelassen. Hans meinte, er sei kein Pfaffe, und habe mit der Chri= stel nichts zu thun gehabt, nur mit ihren Röcken. Darüber hätten sie sich beinahe wieder erzürnt — der Hans und die Grete — plötzlich rief eine ärger= liche Stimme in nicht gar weiter Entfernung: Grete, Grete!

Grete zuckte zusammen und Hans schwieg und rührte sich nicht und lauschte.

Grete, Grete! rief es wieder.

Es ist der Vater, sagte Grete.

Der lange Hans sagte gar nichts. Er nahm das zitternde Mädchen nur noch einmal in die Arme und küßte sie; dann war er mit zwei Schritten seiner langen Beine hinter dem Stamm der nächsten Pappel und mit zwei weiteren Schritten in dem dichten Schatten der Kopfweiden und Haseln, die sich über den Bach wölbten, der hier von der Land= grafenschlucht herab in den Teich fiel.

Ich komme, Vater, rief Grete, so muthig sie konnte, und eilte an dem Ufer hin auf den Vater zu, der in der Pforte des Gärtchens stand und noch immer Grete, Grete! rief.

Wo bist Du gewesen? fragte er ärgerlich, als er seiner Tochter ansichtig wurde.

Ich habe hier gesessen; es war so heiß im Zim= mer, sagte Grete.

Dummes Zeug, sagte der Vater, mach' daß Du hineinkommst.

Die drei Gänse zischelten und schnatterten, und als der Alte die Gartenpforte hinter sich und der Tochter zuwarf, rief die eine überlaut: Giek, Gak, Giek, Gak! wie zum Spott über den Alten. Aber der Alte verstand sich auf die Gänsesprache nicht.

III.

Am nächsten Tage in aller Frühe hatte die Arbeit wieder begonnen. Alles war draußen auf dem Felde oder im Walde; im Dorfe war's still, nur die Gänse schnatterten eifrig; die drei, die am Teich bivouakirt hatten, kamen mit lang ausge= streckten Hälsen eiligst herangewackelt aus der Neben= gasse auf die Hauptgasse zu den andern, von denen sie scharf ausgefragt wurden. Es gab eine lange Conversation.

In der Schenke, wo alle Fenster aufstanden, scheuerte man die Bänke und Tische; es war ein großes Gepolter, zwischendurch hörte man die keifende Stimme der Wirthin. In der ebenfalls weit ge= öffneten Hausthür, an den Pfosten gelehnt, stand

Hans. Er hatte noch die Feldmütze auf, sonst aber war er angezogen, wie die Knechte hier zu Lande: grobe blaue Blouse, grauleinene Beinkleider. Im Mund hielt er die kurze Pfeife, aber sie war ihm schon seit ein paar Minuten ausgegangen, ohne daß er's gemerkt hatte. Das passirte ihm selten; aber er war heut Morgen in einer besondern Stimmung, und nicht gerade in einer angenehmen.

Er hatte sich gestern Abend auf seine Kammer stehlen wollen, als er von der Unterredung mit Grete in die Schenke zurückgekommen war; aber die Anderen hatten ihn gesehen und ihn wieder in den Tanzsaal gezogen. Er hatte nicht trinken wollen, aber er war so durstig gewesen, wie auf einem Manövermarsch in der Sommerhitze; er hatte denn doch getrunken und viel getrunken, und hatte getollt und gelärmt. — Wenn ihn Grete so gesehen hätte!

Nun war es ihm so wüst im Kopf, und er mußte doch gerade heut seinen Kopf zusammen= nehmen! Er hatte der Grete versprochen, noch heute in einen Dienst zu kommen. Das war ihm

gestern so leicht erschienen; mit allen zehn Fingern
würden sie nach ihm greifen! Heut sah das Ding
ganz anders aus. Da stand er; es konnte ihn
haben, wer wollte; aber es kümmerte sich Keiner
um ihn, so groß und stark er auch war. Alle
Burschen waren draußen bei der Arbeit, er der
einzig Müßige im ganzen Dorf!

Zu wem sollte er gehen?

Er blickte nachdenklich zu dem Hause des Kauf=
manns hinüber. Herr Wesemeier hatte viel Acker
und es gab auch sonst genug in dem Hause zu
thun; aber zu dem alten Kerl zu ziehen, den das
ganze Dorf als einen Filz kannte!

Hans that ein Paar Züge aus der ausgegan=
genen Pfeife. Das schmeckt so bitter, wie der Ge=
danke, bei Herrn Wesemeier Acker= oder Hausknecht
zu werden.

Dem Hause des Kaufmanns schräg gegenüber
lag das des Bauern, oder, wie er sich lieber nennen
hörte, des Oekonomen Jakob Körner. Die Straße
machte da eine Biegung, so konnte es Hans gut

genug ſehen; die grünen Fenſterläden und die Laube
von wildem Wein neben der Thür und weiterhin
das große Einfahrtthor, deſſen beide Flügel auf=
ſtanden. Herr Körner war nächſt dem Beſitzer der
Porzellanfabrik der reichſte Mann im Dorf, auch
ſollte er guten Lohn zahlen; aber, aber — der
Körner war es geweſen, der ſo ſchlecht von ihm
geſprochen, und das hatte er nur gethan, um ihn
bei Grete anzuſchwärzen, die er ſelbſt gar zu gern
gefreit hätte. Und zu dem ſollte er in Lohn und
Brot gehen! Lieber noch in die Fabrik.

Hans nahm die Pfeife aus dem linken Mund=
winkel in den rechten und ſchielte nach den Fabrik=
dächern, die man von hier aus zwiſchen den großen
Kaſtanienbäumen hindurch ſehen konnte. Die Fabrik=
arbeiter wurden beſſer bezahlt als die Ackerknechte,
aber ſie ſtanden weit tiefer im Anſehen, nicht ein=
mal ſo hoch wie die Arbeiter in den Braunkohlen=
gruben, und ein flotter Dienſt mußte es doch ſein,
zu dem ſich ein ſo flotter Burſch herbeiließ, der
Flügelmann von der erſten Kompagnie im erſten

Bataillon des zweiten Garde = Regiments gewesen war und jetzt Unteroffizier sein könnte, wenn er sich hätte entschließen mögen, zu kapituliren, was er doch nur um Grete's halber nicht gethan hatte.

Hans nahm die Pfeife wieder in den linken Mundwinkel.

Wer blieb nun noch? Da war der Jürgen Dietrich — der hatte das böseste Weib im Dorf; der Jakob Lipke — den hatte er zu oft geprügelt, als sie noch zusammen in die Schule gingen; der Hans Eisbein, der Schulze — den hatte der Vater nächst seinem Schwager, dem Schulmeister, immer seinen schlimmsten Feind genannt.

Ja, wer blieb nun noch außer dem Bäcker Heinz?

Der Bäcker schritt eben vor seiner Scheune in blaugrauer mehlbetupfter Jacke, eben solchen Bein= kleidern und Holzpantoffeln quer über die Straße, langsam, wie es seine Gewohnheit war, nach seinem Hause. Hans steckte die Pfeife in die Tasche, schritt dem Bäcker nach und holte ihn ein, als er eben einen Pantoffel auf seine Schwelle setzte.

Mit Verlaub, Herr Heinz, sagte Hans und faßte militärisch an seine Mütze.

Der Bäcker wandte langsam den Kopf um.

Was willst Du?

Mit Verlaub, Herr Heinz, sagte Hans noch einmal und räusperte sich; ich wollte fragen, ob ich, da Euer August doch nun hat Soldat werden müssen, bei Euch als Knecht ankommen kann?

Der Bäcker schob sich die breitschirmige Mütze ein wenig aus der Stirn, um bequemer zu dem langen Hans hinaufsehen zu können, und sagte:

Wann sollte das sein?

Gleich, wenn Ihr wollt.

Der Bäcker schob die Mütze noch ein wenig höher; ein böses Lächeln zog um seine dicken Lippen und langsam sagte er:

Das ist mir zu bald, Hans; Du mußt schon so lange warten, bis ich die größten Semmeln auf dem Walde backe.

Damit ging er ins Haus, ohne sich nur ein=
mal nach Hans umzusehen.

Hans rückte sich die Mütze aus der Stirn, wie
vorhin der Bäcker. Er wäre dem Bäcker, der auf
seinem Flur stehen geblieben war und die frischen
Brote zählte, die der Lehrling aus dem Backhause
herbeitrug und neben einander in ein Bört stellte, gern
nachgegangen, um ihm die staubige Jacke auszuklopfen;
aber dazu fand sich auch wohl später noch die Zeit.

Er machte auf dem Absatze Kehrt und fing an,
langsam die Straße hinab zu gehen. Die Hände
legte er auf den Rücken und gab sich überhaupt
Mühe, ein recht sorgloses Gesicht zu machen; aber
so leicht ihm das sonst wurde, heut gelang es ihm
nicht. Er fühlte das selbst und sagte, um sich zu
entschuldigen: Wenn's nicht um der Grete willen
wäre, was machte ich mir daraus? Nun muß ich
schon in den sauren Apfel beißen; und die Anderen
werden gescheiter sein und einen Kerl, wie mich,
nicht von der Thür weisen, und dem groben Heinz,
dem will ich's schon einträuken.

Der kurze, krummbeinige Jakob Körner trat eben in seine Thür, als Hans vorbei ging. Hans blickte auf die andere Seite und begann zu pfeifen: „Wenn die Büchsen, Büchsen knallen."

Hans! rief Herr Körner mit seiner pelzigen Stimme.

Was giebts? fragte Hans, mitten auf der Straße stehen bleibend, ohne den Kopf mehr zu bewegen, als wenn im Gliede: „Augen links!" kommandirt wird.

Hast Du schon einen Dienst, Hans?

Noch nicht.

Willst Du zu mir ziehen? Ich brauche Einen.

Aber nicht Einen, der immer halb oder ganz betrunken ist.

Als Hans das gesagt, nahm er wieder Augen rechts und schritt weiter, sehr stolz über seine Ant=wort und zugleich sehr unruhig. Abgetrumpft hatte er ihn, den dicken, aufgeblasenen Kerl, regelrecht abgetrumpft, aber auch zugleich den besten Dienst

im ganzen Dorf ausgeschlagen. Es überkam ihn,
wie er so langsam die Straße hinab ging, immer
seinem Schatten nach, den die Sonne endlos lang
ihm voraus warf, als ob er eben eine Dummheit
begangen habe, eine rechte, meilenlange, schwarze,
ungeschickte Dummheit. Aber, sagte er dann wieder,
warum hab ich's gethan? Doch nur um Grete's
halber. Sie wird mir Recht geben, wenn ich es
ihr erzähle, und es wohnen ja auch noch mehr
Leute im Dorf, außer dem Jakob Körner.

Dies war eine unbestreitbare Wahrheit; leider
nur stellte es sich im Laufe der nächsten Stunden
immer mehr heraus, daß unter diesen Leuten kein
Einziger war, welcher für das Glück, einen Kerl,
wie den Hans, in Dienst zu bekommen, auch nur
das geringste Verständniß gezeigt hätte. Jürgen
Dietrichs böses Weib warf ihm beinahe den Wasch=
zuber an den Kopf, daß so ein Tagedieb, so ein
Allerweltsnarr, so ein Trunkenbold es nur wagte,
in ihr reinliches Haus zu kommen; Jakob Lipke
meinte, er brauche schon Jemand, aber nicht Einen,

der zwei Jahre lang auf der Faulbank gelegen
habe; Hans Eisbein, der Schulze, sagte, er sei
ein alter Mann, und da möge der Hans entschul=
digen, wenn er noch etwas altfränkische Ansichten
habe und sich an den alten Spruch halte, daß der
Apfel nicht weit vom Stamme falle. Man wisse
in der Gemeinde noch zu wohl, was für eine Sorte
Vogel Hans' Vater gewesen sei. Er habe dem
Hans freilich nichts zu befehlen; Hans sei ja jetzt
großjährig und könne thun und lassen, was er
wolle. Wenn er ihm aber einen Rath geben dürfe,
so meine er, Hans solle das alte Häuschen am
Teich, das ja doch über kurz oder lang zusammen=
falle, verkaufen und mit den paar Thalern, die
dabei doch wohl noch heraus kämen, sein Glück
anderwärts versuchen; hier am Orte sei nun schon
einmal nicht der rechte Platz für ihn.

Hans sagte, er sei dem Herrn Schulzen sehr
dankbar für den guten Rath, aber da der Herr
Schulze selbst zugegeben habe, daß er (der Hans)
thun und lassen könne, was er wolle, so wolle er

thun, was ihm beliebe, und dem Herrn Schulzen gesegnete Mahlzeit wünschen.

Es war nämlich, da Hans zwischen jedem seiner Gänge hinter einer Scheune oder Hecke oder sonst in einem stillen Winkel stundenlangen Rath mit sich gepflogen hatte, zu wem er demnächst gehen solle, der Mittag herbei gekommen. Hans verspürte großen Hunger, denn er war ein gewaltiger Esser und der Magen war ihm von gestern, wo er viel mehr getrunken als gegessen hatte, schrecklich leer; aber er schämte sich, unverrichteter Sache in die Schenke zurückzukehren und den Wirthsleuten erzählen zu müssen, daß kein Mensch im Dorf den Hans haben wolle.

Aber vor dem Dorf! Hans schlug ein Schnippchen vor Freude über den guten Einfall, der ihm jetzt kam. Vor dem Dorf lag ja noch die erst kürzlich eingerichtete Posthalterei, die der Außenbauer Ernst Repke gepachtet hatte. Der Repke war freilich ein wenig verrufen und hatte es niemals recht mit den anderen Bauern gehalten; aber vielleicht war

er gerade deßhalb der rechte Mann für einen Bur=
schen, mit dem es die Anderen auch nicht halten
wollten.

So ging denn der Hans zum Dorf hinaus,
aber nicht auf der großen Straße, sondern hinten
herum in dem Wiesengrund, aus dem man, durch
einen mit jungen Tannen bestandenen Camp allmälig
aufsteigend, zu dem Gehöft gelangte, das wieder
an der großen Straße lag. Es war ein sehr gro=
ßes Gehöft, denn Ernst Repke hatte auch eine
Ziegelei und eine Knochenmühle außer seiner Acker=
wirthschaft, und nun neuerdings auch die Post=
halterei. Vielleicht war es gerade diese Vielge=
schäftigkeit, die dem Manne in den Augen der An=
deren schadete. Wenigstens redete Hans sich das
vor, obgleich es ihm, als er auf den großen Hof
trat, ordentlich schwer auf das Herz fiel. So düster
und unfreundlich waren die Gebäude, die halbkahlen
Pappeln, war Alles; aus dem langen Schornstein
der Knochenmühle wälzte sich ein dicker schwarzer
Rauch langsam über das Gehöft, die Sonne zum Theil

verdunkelnd. Kein menschliches Wesen ließ sich
blicken, nur ein schmutziger Spitz bellte wüthend
den Hans an, bis ein häßliches Weib, das sich
den Kopf mit einem Tuch verbunden hatte und sehr
krank und vernachlässigt aussah, in der Thür er=
schien und Hans fragte, was er wolle.

Hans brachte sein Anliegen vor.

Es ist möglich, sagte die Frau; aber mein
Mann ist in die Stadt gefahren und wird vor
Abend kaum wiederkommen.

Ich will auf ihn warten, sagte Hans.

Meinetwegen, sagte die Frau und verschwand
wieder in der Hausthür.

Hans ging und setzte sich unter einen offenen
Schuppen, wo Tannenholz aufgeschichtet war. Auf
dem Sägebock lag ein halb durchgeschnittener Klo=
ben, die Säge stand daneben; es sah gerade aus,
als ob Einer hier mitten aus der Arbeit wegge=
laufen sei.

So war's denn auch, wie Hans von einem
Menschen, der mit einer Mulde Ziegelerde auf der

Schulter über den Hof geschlürft kam, erfuhr. Herr
Repke hatte sich mit dem Knecht, der ihm nicht
flink genug gesägt hatte, erzürnt und ihn aus der
Arbeit weg vom Hof gejagt.

Das trifft sich gut, dachte Hans, als der Mann
mit der Mulde sich schlürfend entfernt hatte.

Aber freuen konnte sich Hans doch nicht. Wie
er so auf dem Haublock saß und einer alten Katze
zusah, die in einiger Entfernung von ihm regungs=
los, nur manchmal die Schwanzspitze leise bewegend,
auf ihre Beute lauerte, fiel ihm nach und nach Alles
ein, was er in früheren Jahren von den Leuten im
Dorf über Herrn Repke hatte erzählen hören, daß
er schon die dritte Frau habe und wohl wissen
werde, woran die beiden Seligen gestorben seien,
daß es auf dem Gehöft umgehe und Gespenster
von allerlei Thieren und manchmal wohl auch von
Menschen, die am Galgen gestorben, herbei kämen,
sich um die Knochen, so in dem Schuppen neben
der Mühle aufgespeichert lägen, zu zanken.

Hans blickte sich scheu um; die Katze machte

einen Sprung unter das Holz, und ein feines, angstvolles Piepen drang zu seinem Ohr. Unter anderen Umständen würde er darüber gelacht haben, aber es war ihm gar nicht lächerlich zu Sinn; er war, als die Katze sprang, ordentlich vor Schreck zusammengefahren.

Auch der Hunger machte sich wieder geltend; er wollte nicht ins Haus gehen und um ein Stück Brot bitten.

Er nahm die Säge, legte sie in den halb durch= geschnittenen Kloben und sägte ihn vollends durch. Die Arbeit that ihm wohl. Er legte einen anderen Kloben auf und begann von Neuem. Das war wenigstens besser, als so still zu sitzen und sich von den häßlichen Gedanken quälen zu lassen. Es dauerte nicht lange, so hatte er das halbe Klafter, das sein Vorgänger übrig gelassen hatte, geschnitten, und da er die Arbeit doch nicht halb gethan haben wollte, nahm er das Beil, das er vorhin, um sich setzen zu können, aus dem Haublock gezogen hatte, und begann das Holz zu spalten. Es war keine leichte Arbeit, denn es waren meistens Aststücke; aber gerade das gefiel dem Hans, und es mußte schon ein sehr widerspenstiger Knorren sein, der nicht auseinander gesprungen wäre, wenn der Hans, Beil und Knorren hochoben in der Luft umkehrend, beide auf den Haublock herabschmetterte.

Dabei ließ sich während all' der Zeit kein Mensch auf dem Hofe sehen. Niemand schien neugierig, zu wissen, wer denn da die Arbeit des weggejagten Knechts so plötzlich wieder aufgenommen habe. Sie müssen das Rumoren hier sehr gewohnt sein, dachte Hans.

Eben hatte er wieder einen Knorren zu spalten, der eigensinniger war, als irgend einer seiner Vorgänger. Hans mußte dreimal ausholen, jedesmal stärker. Beim dritten Mal sprang der Knorren entzwei, aber auch der Stiel der Axt und das Eisen fiel klirrend auf den Boden.

Was soll denn das bedeuten? fragte eine mürrische Stimme dicht hinter Hans.

Hans fuhr zusammen, als ob er ein kleiner

Knabe gewesen wäre. Er hatte Niemand kommen hören; die Stimme schien aus der Erde zu schallen. Aber es war kein Gespenst, sondern der Besitzer des Hofes, der jetzt, als Hans sich umgedreht hatte, vor ihm stand und die Frage wiederholte.

Ich konnte nichts dafür, stotterte Hans.

Wer zum Teufel heißt Dich ungebeten hier den Knecht spielen? sagte Herr Reple, und dabei schossen seine schmalen grünen Augen funkelnde Blicke unter den buschigen Brauen auf den Hans; ich dulde keine fremden Menschen auf meinem Hof. Ich habe genug von Euch Bauerngesindel; hörst Du?

Ich bin nicht taub, sagte Hans, und Ihr schreit ja laut genug.

Dann schere Dich zum Teufel!

Soll ich ihm vielleicht einen Gruß von Euch ausrichten?

Wirst gehen? kreischte der Andere und erhob drohend seinen Stock.

Nehmt Euch in Acht, sagte Hans. Ihr seht, ich weiß mit groben Klötzen umzuspringen.

Hans schleuderte den Spitz, der sich kläffend auf ihn stürzte, mit dem Fuß ein Dutzend Schritte weit fort und verließ den Hof auf demselben Wege, auf dem er gekommen.

Als er wieder in die jungen Tannen gelangte und sicher sein konnte, daß kein Mensch ihn sah, stand er still, wie Jemand, der etwas vergessen hat. Er hatte nichts vergessen; er wollte nur besser dar= über nachdenken, wie dies denn eigentlich so ge= kommen sei. Aber je länger er darüber nachdachte, je weniger konnte er's finden. Es ist schon gerade, als ob es nicht sein sollte, sagte er bei sich, und ich machte mir auch gar nichts daraus, wenn's nicht der Grete halber wäre.

Weiter konnte er nichts denken, obgleich er noch immer auf demselben Fleck stand und auf dieselben Erdschwämme, die zwischen den jungen Tannen wuchsen, starrte, und es ihm vorkam, als habe er eigentlich eine Menge Dinge zu überlegen. Endlich fiel ihm ein, daß er sich so dumm im Kopfe fühle, das komme nothwendig davon, weil er den ganzen

Tag noch nichts Rechtes gegessen habe; dazu die schwere Arbeit des Nachmittags!

Er hatte seit seinen Schultagen nicht wieder daran gedacht, aber jetzt fiel ihm die Geschichte von dem Esau ein, der sein Erstgeburtsrecht für ein Gericht Linsen verkaufte. Da ist nichts Besonderes daran, meinte er; er wird eben hungrig gewesen sein. Wenn mir Nepke ein Stück Brot gegeben hätte, anstatt mich mit Grobheiten zu regaliren, hätte ich mich ihm auch verkauft. Freilich, es ist ein großes Glück, daß ich es nicht gethan habe.

Hans wiederholte sich mehrmals, daß dies ein großes Glück sei, und zog dabei seine Uhr hervor. Er hatte die Uhr heut Morgen nicht aufgezogen, wie er es sonst zu thun gewohnt war; die Uhr war stehen geblieben. Hast du auch nichts zu essen gehabt? fragte er die Uhr und schob sie wieder unter die Blouse in die Westentasche.

Hans schritt weiter; wie heut früh die Morgensonne, so warf jetzt die Abendsonne seinen Schatten

weit vor ihm her, als er aus den jungen Tannen
wieder in den Wiesengrund gelangte.

Ich wundre mich, daß ein Mensch, der nichts
im Leibe hat, noch einen Schatten werfen kann,
sagte Hans.

Drüben an dem anderen Rande des Wiesenthals
trieb der alte taubstumme Kuhhirt die Heerde heim;
die Sonne stand tief am Horizont, es mußte stark
auf sieben Uhr gehen.

Der Tausend, sagte Hans, so spät schon! und
beschleunigte seine Schritte, als ob er etwas ver=
säumt hätte und nun wieder einbringen müßte.

Aber in die Schenke zu kommen, wo um diese
Zeit immer ein größerer Verkehr stattfand, dazu
hatte er noch immer Zeit genug; so ging er denn
wieder langsamer und überlegte, wohin, wenn nicht
in die Schenke?

Ich brauche ja gar nicht in die Schenke zu
gehen; ich kann ja in meinem Hause bleiben; die
Giebelstube steht ja leer, und von da kann ich über
den Teich Gretchen sehen, wenn sie in den Garten

kommt. Daß ich daran nicht früher gedacht habe! Ich weiß auch gar nicht, wo mir heut der Kopf steht.

Nun schritt Hans wieder schneller vorwärts, hielt sich aber stets am Rande der Wiese, in der Nähe des Holzes, und lenkte auch nicht, als er so weit war, auf die große Straße ein, sondern machte noch einen Umweg durch ein Stück Waldland und durch die Felder, um in eine kurze Nebengasse des Dorfes zu gelangen, die geradewegs auf sein Haus führte.

Groß und glänzend war das Haus eben nicht, selbst nicht für die bescheidenen Verhältnisse eines ***Dorfes. Alt war es, sehr alt, der Unterbau vor Allem, welcher aus unbehauenen Feldsteinen aufgeführt und nach dem Teich zu wohl zwölf Fuß hoch war, hatte leicht so ein vier oder fünf Jahrhunderte ausgehalten, freilich nicht, ohne mittlerweile bedenkliche Risse und Spalten bekommen zu haben. Die einstöckige Hütte, die auf diesem ehrwürdigen Fundament stand, war jedenfalls von bedeutend jüngerem Datum, aber dessenungeachtet in

noch viel schlimmerem Zustande. Die dünnen Tan=
nenbalken hatten sich nach allen Seiten gebogen, die
Lehmfüllung war zum Theil herausgefallen, und
man hatte die Löcher verstopft, wie's eben ging,
ebenso wie die zerbrochenen Scheiben in den kleinen,
schiefen Fenstern. Zu der Thür führte eine steile
steinerne Stiege hinauf, und auf der Schwelle hockte
eine Gruppe jämmerlich aussehender Kinder. Ein
Junge von etwa zehn Jahren hielt auf dem Schooß
ein ganz kleines, vollkommen nacktes Kind, in ein
Stück Zeug gehüllt, das früher vielleicht ein Man=
tel gewesen war. Zwei kleine Mädchen von fünf
bis sechs Jahren kauerten daneben. Sie warteten
auf die Mutter, die auf dem Felde arbeitete.

Ihr seid auch wohl hungrig? fragte Hans.

Die Kinder antworteten nicht, als ob es sich
gar nicht der Mühe verlohne, eine solche Frage zu
bejahen.

Hans stieg mit seinen langen Beinen über die
Kleinen weg und warf einen Blick in die Stube
rechts. Sie kam ihm kleiner vor, als vor zwei

Jahren, und doch war wenig genug darin: ein Bettchen für das Kleinste, eine Schütte Stroh für die größeren, vermuthlich auch für die Mutter, wenigstens war außerdem nichts vorhanden, was einem Bette auch nur entfernt ähnlich gesehen hätte. Dann war noch ein wackliger Tisch da, auf dem eine sorgsam ausgekratzte irdene Schüssel stand, und drei Stühle, von denen zwei umgeworfen waren. Das hatten gewiß die Kinder gethan, ebenso wie sie auch die Strohhalme aus dem Lager über die ganze Stube gezerrt hatten. Was sollten die armen Würmer vor lieber langer Weile machen? dachte Hans.

Auf dem Heerde, der den kleinen Hausflur noch mehr verengte, schien lange kein Feuer gebrannt zu haben; eine zerbrochene braune Kaffeekanne lag mitten in der spärlichen Asche — wegen gänzlicher Aufgabe des Geschäfts, wie sie in Berlin sagen, dachte Hans.

Er kletterte die schmale und steile Treppe hinauf, die zu dem Bodenraum führte. Die morschen Tritte knackten unter seiner Last. Auf dem Boden

war nichts zu sehen, als oben die Löcher im Dach
und unten die Ziegelscherben, die aus den Löchern
herabgefallen waren. In einer Ecke lag eine kleine
zerbrochene Armbrust. Hans erinnerte sich, daß der
Vater sie ihm vor langen, langen Jahren gemacht
hatte.

Die Thür nach dem kleinen Giebelzimmer war
verschlossen; Hans kannte aber noch das Geheimniß,
den Riegel auch ohne Schlüssel, vermittelst einer
Messerklinge, die man durch eine schmale Spalte
einführte, zurückzuschieben. Er hatte das als Junge
oft genug exerzirt, in früheren Zeiten, als es ihnen
noch besser ging und die Mutter, die damals noch
lebte, das Winterobst und sonstige Vorräthe auf der
Giebelstube aufzubewahren pflegte. Nach einigen Ver=
suchen gelang ihm das Kunststück auch jetzt wieder.

Auch die Giebelstube war leer, bis auf einen
ziemlich großen, bunt angestrichenen Schrank, den
man nur stehen gelassen zu haben schien, weil er
mit eisernen Klammern an der Wand befestigt
war. Die Thüren aber hatte man mitgenommen;

es war allerdings weder wenig noch viel in dem
Schrank, das des Verschließens werth gewesen wäre.
Außerdem war noch ein Schemel mit drei Beinen
da, von denen zwei heraus fielen, als Hans ihn in
die Höhe hob.

Ein Wunder war's nicht, daß das Ding so zu=
sammengetrocknet war, denn die Kammer lag un=
mittelbar unter dem Dach und überdies nach Süd=
West, so daß vom Mittag bis zum Abend die
Sonne auf die dünne Giebelwand und durch die
blinden Scheiben des Fensterchens brannte. Hans
öffnete es — zum Entsetzen der Spinnen, die hier
seit so langer Zeit ungestört gehaust hatten, und
nicht ohne einige Mühe, denn es war arg ver=
quollen.

Unter ihm lag der große Teich schon im Schatten,
während der Himmel noch rosig angestrahlt war von
der Sonne, die hinter den Bergen stand. Dadurch
fiel auf die Häuser drüben ein undeutliches Licht.
In des Schulmeisters Garten bewegte sich etwas,
aber Hans konnte nicht erkennen, ob es Grete war,

trotzdem die Entfernung nicht eben groß und er sich die Augen mit der Hand gegen die blendende Helligkeit schützte.

Zuletzt verschwamm Alles in einander, ja es wurde ihm ganz dunkel vor den Augen, und in den Ohren entstand ein sonderbares Sausen, wie er es noch nie gefühlt.

Das kommt von dem leeren Magen, sagte Hans, als er den Anfall glücklich überwunden hatte; ich kann doch nicht hier bleiben, wo selbst die Ratten und Mäuse nichts zu knabbern finden.

Er verließ die Kammer und tastete sich die Treppe hinab. Auf dem Flur traf er die Mutter der Kinder, die von der Arbeit gekommen war — ein hohlängiges, schmalbackiges, braunes Weib, das sofort anfing, ihm ihre Noth zu klagen: sie habe seit zwei Tagen schon kein Brot im Hause gehabt, und dabei solle sie noch die schwere Miethe aufbringen; sie wollte, sie läge, wie ihr Mann, im Grabe, und ihre vier Kinder daneben.

Hans zog sein Portemonnaie aus der Tasche —

er hatte es einst in einer Spielbude gewonnen. Es
enthielt noch einen harten Thaler und ein paar
Silbergroschen. Er gab der Frau den Thaler und
sagte ihr, sie solle ihm dafür eine Schütte frisches
Stroh oben auf die Kammer legen und das Uebrige
behalten; er werde in einer Stunde wiederkommen.
Die Frau nahm das Geld, ohne auch nur zu dan=
ken. Hans verließ das Haus und wandte sich nach
der Schenke.

Glücklicherweise traf Hans die Gaststube fast leer;
nur der Pantoffel=Claus, der von einer Geschäfts=
reise in die nächsten Dörfer zurückgekommen war,
saß in einer Ecke und theilte sich ein Stück Schwarz=
brot mit seinen beiden Hunden, so daß Jeder um=
schichtig einen Bissen bekam. Der Pantoffel=Claus
war nicht sehr mittheilsam, und Hans zum Sprechen
keineswegs aufgelegt. Er hatte sich in der Küche
einen Eierkuchen bestellt — ein Gericht, das er
immer für sein Leben gern gegessen hatte. Brot
und Speck hätten's freilich auch gethan; aber nach
einem so schlimmen Tage fühlte er das Bedürfniß,

etwas drauf gehn zu laffen und nebenbei mit feiner
Baarfchaft zu Ende zu kommen. Die paar Gro=
fchen grufeln fich ja fo allein in der Tafche, dachte
Hans.

Chriftel, des Wirths Tochter, brachte den Eier=
kuchen und ein Glas Bier, ftellte beides vor Hans
hin und fetzte fich zu ihm an den Tifch, die beiden
Ellbogen auffftämmend. Hans hatte die Chriftel
eigentlich immer für ein hübfches Mädchen gehalten;
feit aber Grete fich geftern Abend über fie bektagt,
kam fie ihm durchaus nicht mehr hübfch vor, und
daß fie fich gar noch fo ungebeten zu ihm fetzte,
ärgerte ihn.

Nun, Hans, fagte Chriftel, wie ift's gegangen?

O, gut! erwiderte Hans, indem er ein mäch=
tiges Stück Eierkuchen in den Mund fchob.

Bei wem bift Du? fragte Chriftel weiter.

Bei Dir, antwortete Hans, indem er dem erften
Stück ein zweites folgen ließ.

Das feh' ich.

Warum fragft Du denn?

O Jerum, seit wann bist Du so stolz ge=
worden?

Seit Du Dich in mein hübsches Gesicht ver=
liebt hast.

So! wer sagt das?

Du selbst! Du verwendest ja kein Auge von mir.

So! sagte Christel, aufstehend; schaust Du da
heraus? Sind wir dem Herrn Soldaten zu schlecht,
weil wir nicht, wie Schulmeisters Grete, immer
Strümpf' und Schuh' anhaben? Und nicht thun,
als ob wir nicht bis fünf zählen könnten? Aber
das laß' Er sich nur gesagt sein, Herr Soldat, es
ist nicht Alles Gold, was glänzt. Scheinheilig thun,
und nach den Mannsleuten ausschauen, das geht
ganz gut zusammen, und wer noch vor Weihnachten
Jakob Körner seine Frau ist — das weiß ich auch.
Ja, die wird so einen Hungerleider von Soldaten
heirathen! Und übrigens wirst Du mir meine Röcke
bezahlen; ich nehme sie nicht wieder, zum Entzwei=
reißen habe ich sie Dir nicht gegeben.

Damit stürmte Christel zur Thür hinaus.

Das ist eine gute, sagte der Pantoffel=Claus, indem er sein Messer zuklappte und, von den Hunden begleitet, zur Stube hinausschlürfte.

Hans hatte nichts gesagt; er hatte von der Scheltrede Christels nur das Eine gehört, daß Grete noch vor Weihnachten Jakob Körners Frau sein werde. Sollte das wirklich möglich sein? Grete war gestern Abend so eigen gewesen, so gar nicht wie sonst. Und heut Morgen Körners Anerbieten, ihn in Dienst zu nehmen! Natürlich, wenn man die Wahl hat zwischen dem Herrn und dem Knecht, freit man doch nicht den Knecht. Freilich hatte ihm die Grete versprochen, als er unter die Soldaten ging, daß sie nie einen Andern heirathen wolle, lieber wolle sie todt liegen auf dem Grund des Teiches; aber zwei Jahre sind eine lange Zeit und — —

Hier warf Hans einen flüchtigen Rückblick auf sein Leben während der letzten zwei Jahre, aus dem sich ergeben mochte, daß die Treue für einen Sol=daten mehr oder weniger doch ein leerer Wahn ist; aber das ist ganz etwas Anderes, philosophirte Hans weiter, und so, wie die Grete, war doch Keine. Und die sollte ich dem fetten Kerl lassen? Und dahin würd's doch kommen, wenn ich wieder von hier fort ginge auf wer weiß wie lange. Nein, das geht nicht an; lieber verkaufe ich mich in die Fabrik, lieber —

Guten Abend, Hans! sagte eine dicke, mehlige Stimme.

Hans hob den Kopf, den er in die Hand gestützt hatte, und sah den Bäcker Heinz in der offenen Thür stehen.

Schön Dank, erwiderte Hans.

Nun, Hans, wie ist's gegangen? fragte der Bäcker genau so, wie vorhin die Christel gefragt. hatte.

O, gut! antwortete Hans, wie er vorhin geantwortet.

Um die breiten Lippen des Bäckers zuckte es ironisch. Er setzte sich auf den Stuhl, den Christel eben verlassen hatte, legte die Arme auf den Tisch, faltete die Hände und sagte langsam, indem er seine kurzen Däume ebenso langsam umeinander spielen ließ:

Höre, Hans, ich hab's mir überlegt. Ich brauche zwar eigentlich keinen Knecht, obgleich mein August nun bei den Soldaten ist. Es sind schlechte Zeiten und man muß eben sehen, wie man sich durchflickt. Aber wenn Du keinen andern Dienst hast, so meine ich, Du thust besser, Du kommst zu mir, als daß Du Dein Heil wo anders versuchst und Dir vergeblich die Hacken abläufst. Denn, wie gesagt, Hans, es ist jetzt eine schlechte, hungrige Zeit, und es sind überall hier zu Lande mehr Leute, als man braucht. Viel Lohn kann ich Dir deßhalb auch nicht geben. Sechszehn Thaler und zur Kirmeß ein Paar neue Stiefel und Weihnachten einen neuen Anzug. Wenn Dir das recht ist —

Hört, Meister, sagte Hans, dem Bäcker steif in die Augen sehend, ich will Euch mal was sagen, was Euch die übrige Rede ersparen kann. Ihr wißt recht gut, daß mich Keiner hat haben wollen, außer Jakob Körner, bei dem ich nicht arbeiten

mag; und außerdem wißt Ihr, daß ich nicht gern
von hier fortgehe, denn sonst würde ich mir keine
Mühe gegeben haben, bei Einem von Euch anzu=
kommen. Deßhalb bietet Ihr mir so wenig, zehn
Thaler weniger, als sonst der Lohn für einen
tüchtigen Knecht ist; aber Ihr habt ganz recht ge=
rechnet: ich will bei Euch anziehen; nur für so auf
den Kopf gefallen müßt Ihr mich nicht halten, daß
ich mich über den Löffel barbieren ließe und merkte
es nicht.

Der Bäcker zwinkerte mit seinen verschwollenen
Aeugelchen, als meinte er, wenn du dich nur bar=
bieren läßt, so ist's mir gleich, ob du es gern oder
ungern thust; aber er gab diesem Gedanken keine
Worte, sondern fuhr fort, wie wenn Hans einfach
Ja gesagt hätte und nichts weiter:

Schön, Hans, da kannst Du gleich morgen früh
anziehen, und was ich noch sagen wollte, Hans,
schlafen kannst Du nicht bei mir; es ging schon mit
dem August kaum noch, und mit meinen Mädels,

Hans, laß Dir nichts beikommen, wenn wir gute Freunde bleiben wollen.

Ihr sprecht, als ob Ihr schon der Herr wäret, sagte Hans.

Der Bäcker hatte wieder nichts oder was Anderes gehört.

Schön, Hans, sagte er, und hier, Hans, ist das Draufgeld; und er nahm einen Thaler aus der Westentasche und legte ihn vor Hans auf den Tisch.

Hans sah den Thaler nachdenklich an und steckte ihn dann, von einem Entschluß getrieben, rasch ein, reichte dem Bäcker die Hand und sagte:

Ich müßt' lügen, wenn ich sagen wollte, daß ich gern zu Euch ginge; aber das soll Euer Schade nicht sein; ich will rechtschaffen für Euch arbeiten und Ihr sollt nicht über mich zu klagen haben. Habt Ihr's aber doch, sagt's mir vernünftig; ich bin ein gutmüthiger Kerl und kann schon einen Puff vertragen; aber Ihr wißt, wenn das Maß voll ist, läuft's über.

Schön, Hans, sagte der Bäcker; und nun komm'
nur gleich mal mit herüber, damit ich Dir zeigen
kann, wo Du morgen anfangen sollst.

IV.

So hatte denn Hans, worauf ihm vorläufig
Alles ankam, einen Dienst im Dorf, in unmittelbarer
Nähe seiner Grete, und das machte ihn so vergnügt,
daß es ihm gar nicht schwer wurde, seiner Natur
zu folgen und Alles von der guten Seite zu nehmen,
zumal die Art seiner Arbeit ihm wohl zusagte.
Herr Heinz hatte oben in den Bergen, nicht weit
von der Landgrafenschlucht, ein tüchtiges Stück Wald,
aus dem er jährlich einen Theil seines Brennmaterials
schlug. Die Hauptmasse für dieses Jahr war schon
geschlagen und in Kloben aufgeschichtet; es blieben
nur noch ein paar Dutzend Bäume zu fällen und
zuzurichten und hernach Alles ins Dorf herunterzu=
fahren. Diese Arbeit erforderte einen starken und

kühnen Mann, gerade so einen, wie der Hans war,
und weil der Hans das selbst recht gut wußte und
seine Stärke und Kühnheit jeden Tag aufs Neue
erproben konnte, war es ihm so wohl und so leicht
ums Herz, wie er sich in den zwei Jahren als
Soldat niemals gefühlt hatte, obgleich er keineswegs
ungern Soldat gewesen war.

Was ihm aber noch besser gefiel als die Arbeit,
war, daß er den ganzen Tag im Walde zubringen
durfte. Der Wald hatte es ihm angethan von
Jugend auf. Schon als er noch nicht der große
Hans, sondern ein ganz kleiner Junge war,
hatte er sich nichts Besseres gewußt, als den halben
und lieber noch den ganzen Tag im Walde zu sein.
Er war noch nicht acht Jahre alt, als er jeden
Weg und jeden Steg ringsum in den Bergen kannte,
und wußte, wo die Heidel= und Preißelbeeren am
dichtesten standen, wo es die besten Brombeeren und
Hagebutten gab, wo man nach Brot= und Eier=
schwämmen zu suchen hatte und die mancherlei Kräuter,
aus denen der Bauer seine Hausmittel macht und

für die der Apotheker in Fichtenau, wenn man sie ihm in saubern Bündeln brachte, ein gutes Stück Geld gab. Ein paar Jahre später waren die Vögel seine Leidenschaft; es gab keinen geschickteren Finkler weit in der Runde, als den zehnjährigen Hans; dann kamen die Vierfüßler an die Reihe, und kein Revierförster hätte besser, als der Hans, zu sagen gewußt, wo die Hirsche standen, wo sie ihren Wechsel hatten, wo man sicher sein konnte, einen oder ein paar Hasen auf dem Anstand zu schießen, und wo Meister Reineke vor seinem Malepartus mit dem jungen Wurf in der Sonne spielte.

Das hat der Junge von seinem Vater, sagten die Leute, und eine Schande ist's, daß der alte Taugenichts seinen Sohn auch zu einem Wilddieb macht.

So schlimm war's nun freilich nicht. Von dem Vater mochte der Junge wohl die Leidenschaft für den Wald und die Jagd haben, auch daß er ihm seiner Zeit eine Armbrust geschnitzt hatte, mit welcher Hans nach Sperlingen schoß, war nicht in Abrede

zu stellen; aber mit auf seine nächtlichen Streifzüge
nahm er den Jungen nicht, und es hatte ihm ja
auch nie bewiesen werden können, daß er ein richtiger
Wilddieb war, so oft man ihn auch chikanirt und
manchmal wochenlang in Untersuchungshaft gehalten,
bis er sich zuletzt dem Trunk ergab und Keiner
mehr den armen verkommenen Menschen in Verdacht
hatte, daß er in hellen Mondnächten seine Büchse
oben in den Bergen abschoß.

Hans mußte oft an das Alles bei seiner Arbeit
denken, und öfter noch, wenn er sein Frühstück, Brot
und Speck, neben sich auf dem Baumstamm liegen
hatte und einen Schluck aus der Flasche nahm. Ja,
die Flasche, die Flasche! Die hatte den Alten zu
Fall gebracht! Und Hans nahm sich vor, sich vor
der Flasche zu hüten, um so mehr, als er recht gut
seine Neigung kannte, gelegentlich einmal zu tief
hineinzusehen. Nein, sagte Hans, das soll mir
Keiner wieder nachsagen; ich müßte mich ja vor der
Grete in Grund und Boden schämen; daß ich den
Hirschen nichts thue, dafür ist schon gesorgt.

Und Hans nahm einen tüchtigen Schluck, legte die Flasche neben sich und horchte. Ein heller, vielfach gebrochener Ton schallte aus der Luft; es waren Kraniche, die gen Süden zogen. Nach dem Geschrei zu urtheilen, mußten sie schon sehr nahe sein und außergewöhnlich niedrig fliegen, vielleicht um in den Bergsumpf zu fallen, der ein paar Tausend Schritte weiter im Walde lag. Hans pochte das Herz, er griff nach dem Klafterstock, der neben ihm lehnte, und hielt ihn, wie eine Flinte, im Anschlage. Jetzt kamen die Vögel herbeigeschwingt — kaum hundert Fuß hoch, man hörte das gewaltige Rauschen der Flügel — ein prachtvoller Winkel, dessen eine Linie sich hob und senkte, einbog und wieder gerade wurde — und jetzt kam ein Vogel, der etwas zurück geblieben war, noch tiefer, als die Anderen. Hans drückte den Klafterstock fest an die Backe: Puff! schrie er.

Das gefiel' Dir wohl! sagte eine tiefe Stimme dicht hinter ihm.

Hans drehte sich um. Es war der alte Revierförster Bostelmann, mit Flinte und Jagdtasche, den Hund an der Leine.

Warum nicht? sagte Hans.

Der Revierförster Bostelmann war der schlimmste Feind von Hans' Vater gewesen, kein Wunder also, daß sich die beiden Männer nicht eben freundlich in die Augen blickten.

Also Du bist auch wieder hier? sagte der Förster.

Wie Ihr seht! sagte Hans.

Seit wie lange, wenn man fragen darf?

Seit vierzehn Tagen, wenn Ihr nichts dagegen habt.

Des Alten Gesicht verfinsterte sich zusehens; die grauen Augenbrauen hatte er dicht zusammenge= zogen, und den dicken Schnauzbart schob er hin und her, als ob er einen harten Bissen kaute.

So, sagte er nach einer Pause, seit vierzehn Tagen? Das stimmt ja ganz vortrefflich.

Was stimmt vortrefflich?

Der Alte lachte höhnisch?

Die Miene kennen wir, guter Freund; aber

ich will Euch einmal was sagen, das Ihr Euch
hinter Eure jungen Ohren schreiben mögt. Meine
alten Ohren sind noch sehr gut und kennen den
Knall von Eures Vaters Büchse noch ganz wohl.

Freut mich, daß Ihr ein so gutes Gedächtniß
habt, sagte Hans.

Des Alten rothes Gesicht wurde braun vor Zorn.

Freut Euch das? So? rief er. Na, freut Euch
immerzu. Die Freude soll hoffentlich nicht lange
dauern: ich will Euch das Handwerk bald genug
legen — das will ich.

Herr Bostelmann zog das Gewehr, das er an
einem Riemen über der Schulter trug, kräftiger an,
gab seinem Hunde, der unterdessen an Hans' Frühstück
herumgeschnüffelt hatte, einen Tritt, stampfte mit
seinen kurzen, in Wasserstiefeln steckenden Beinen
über die Lichtung davon und verschwand in der
Schneise, die von hier aus quer über den Berg nach
der Landgrafenschlucht führte.

Hans blickte dem Alten so verwundert nach, daß
er ausnahmsweise diesmal gar nicht zu dem Ge=

danken kam, der bei solchen Gelegenheiten stets sein
erster war, ohne daß er ihn jemals ausführte: er
hätte den Förster doch eigentlich für seine Grobheit
durchprügeln müssen.

Laß den alten Narren laufen, dachte Hans bei
sich und glaubte, sich so die Sache aus dem Kopf
geschlagen zu haben.

Aber während er mächtig in die Stämme hinein
hieb, mußte er immer wieder an die kuriosen Reden
denken, die der Alte geführt hatte. Was meinte er
nur mit den vierzehn Tagen, die stimmen sollten?
und was mit dem Knall von Vaters Büchse, den
er noch genau kennen wollte? Ja, wo mag die
jetzt sein!

Mit dieser Büchse hatte es eine eigene Bewandtniß.
Es war eine sehr schöne, kostbare Büchse gewesen,
die der Vater, der als der trefflichste Scheibenschütze
weit und breit berühmt war, in besseren Jahren
einst bei einem Schießen gewonnen hatte. Sie war
sein größter Stolz, hatte in der Wohnstube den
Ehrenplatz an der Wand, und die einzigen Schläge,

die Hans je von seinem durchaus gutmüthigen Vater
erhalten zu haben sich erinnerte, hatte er bekommen,
als er sich einmal einfallen ließ, die Büchse von
der Wand zu nehmen und damit zu spielen. Als
der Vater später in den Verdacht kam, ein Wild=
dieb zu sein, und man ihm schärfer und schärfer zu=
setzte, verschwand eines Tages die Büchse mit allem
Zubehör und kam nicht wieder zum Vorschein. Er
sagte aus, er habe sie verkauft, dann, er habe sie
in den Teich geworfen, dann, der Teufel habe sie
geholt. Man gab es endlich auf, die Wahrheit
heraus zu bekommen, um so mehr, als der Mann,
in Folge seiner Trunksucht, zuletzt für unzurechnungs=
fähig erachtet werden mußte. Als er dann bald starb
und über sein Vermögen der Konkurs erklärt wurde,
hatte man abermals nach der kostbaren Büchse
eifrig gesucht und abermals nichts gefunden. Auch
der Hans war eidlich zu Protokoll genommen worden,
hatte aber nur, der Wahrheit gemäß, aussagen
können, daß er über den Verbleib des Gewehrs so
wenig wisse, wie ein Anderer. Man hatte scheel

dazu geſehen; der Herr Schulze hatte gemeint, Art laſſe nicht von Art und der Apfel falle nicht weit vom Stamm; aber Hans hatte ſich das, im Bewußtſein ſeiner Unſchuld, nicht weiter anfechten laſſen, und als er bald darauf unter die Soldaten kam, hatte er die Geſchichte mit der Büchſe ganz vergeſſen, bis er heut Morgen auf eine ſonderbare Weiſe daran erinnert wurde.

Was meint der Kerl nur mit der Büchſe? wiederholte er ſich den ganzen Tag, und ruhte heut öfter, als ſonſt, von der Arbeit aus und fragte, die aufgeſtämmte Art zwiſchen den ſtarken Händen: Was meinte er nur damit?

Aber noch auf dem Nachhauſeweg ſollte er über die Meinung der verfänglichen Worte aufgeklärt werden.

Als er nämlich einen jener tief eingeſchnittenen Hohlwege paſſirte, wo der Regen und die Wagenräder im Lauf der Jahrhunderte tiefe, unregelmäßige Furchen in den nackten Stein gegraben hatten, begegnete ihm der Pantoffel-Claus, der mit ſeinem

Hundewagen bergauf fuhr. Der Alte hatte sich in den diesmal leeren Wagen gesetzt, und Hans jammerten die armen Thiere, die, so stark sie auch waren, ihre liebe Noth hatten, den ziemlich abschüssigen Weg hinauf zu kommen.

Du könntest auch wohl nebenher gehen, sagte Hans.

Sie sind es so gewohnt, sagte Claus, rappelte sich aber doch aus seinem Fuhrwerk heraus und stand jetzt vor dem Hans — ein kleines, verhuzzeltes, graues Männchen, mit den scharfen Aeuglein zu ihm hinaufblinzelnd.

Na, Hans, wie geht's da oben? fragte er.

Ganz gut, erwiderte Hans, verwundert, daß der Alte, der sonst die Schweigsamkeit selber war, sich auf ein Gespräch einlassen zu wollen schien; denn er stopfte sich seine kurze Pfeife und bot auch dem Hans von dem Tabak an, den dieser, der ein leidenschaftlicher Raucher war, annahm.

Hast den Förster heut oben gesehen? fragte der

Alte, indem er den brennenden Schwamm auf den Tabak legte und mächtig zu dampfen begann.

Diese Frage brachte Hans auf das Thema, das er den ganzen Tag lang, ohne demselben beikommen zu können, behandelt hatte. Er erzählte seine Begegnung mit Herrn Bostelmann, und welch' kuriose Reden Herr Bostelmann geführt habe.

Kann Dir's erklären, Hans, sagte der Pantoffel=Claus, der, ohne eine Miene in seinem alten runzligen Gesicht zu verändern, aber mit großer Aufmerksamkeit zugehört hatte, es sind seit einiger Zeit ein paar Hirsche oben verschwunden, die der Bostelmann nicht gebucht hat, und da denkt er denn, weil Du doch nun einmal Deines Vaters Sohn bist und ja die Büchse von ihm geerbt hast —

Aber zum Kukuk, rief Hans ungeduldig, fangt Ihr nun auch noch an? Ich sagt's Euch ja, daß ich nicht besser weiß, wo Vaters Büchse in diesem Augenblicke ist, als Eure Hunde es wissen.

Der Pantoffel=Claus lächelte ungläubig. Nun, nun, sagte er, ich meinte ja nur so; ich bin ja kein Revierförster, gegen mich kann man schon ein Wörtchen fallen lassen; der alte Claus kann schweigen, ja, das kann er. Hab' mit Deinem Vater selig so manches Geschäft gemacht; die Hunde da und der Karren könnten ein Wort mitsprechen, indessen, wie Du willst, Hans, wie Du willst.

Der Alte rief den Hunden, die mit lechzenden Zungen dagelegen hatten, und schritt neben ihnen her mit für sein Alter bewundernswerther Geschwindigkeit, den Weg aufwärts.

Hans blickte der kleinen grauen Gestalt nach, und als dieselbe zwischen den Tannen verschwand, wurde es ihm mit einem Male so seltsam zu Muthe, daß er mit langen Schritten, fast laufend, von dem Orte wegzukommen suchte, wo die Unterredung mit dem unheimlichen Alten stattgefunden hatte.

Also der meint auch, daß ich die Büchse habe, sagte er bei sich. Ich meine, die Leute sind närrisch.

Hans war ein mittheilsames Gemüth, und so konnte er nicht unterlassen, als er heut Abend mit dem Bäcker vor der Hausthür stand, auf dessen steinernen Stufen die Bäckerin und ihre drei Töchter Flachs klopften, jenem zu erzählen, was ihm mit dem Förster begegnet war. Und nun geschah es zu seiner großen Verwunderung und nicht geringem Aerger, daß der Meister ebenso ungläubig lächelte, wie der Pantoffel=Claus, und lächelnd sagte:

Je weniger Du davon sprichst, Hans, desto besser ist es, und wenn Du die Büchse mal verkaufen willst — hier kannst Du sie ja doch nicht wieder sehen lassen, nachdem Du sie abgeschworen hast — ich selbst gehe nicht mehr auf die Jagd, seitdem ich mich mit dem Repke erzürnt habe; denn ich denke immer, der Kerl schießt dich einmal aus Versehen todt — aber mein Bruder in Mäusebach möchte gern ein gutes Gewehr haben, wenn er's billig bekommen kann, und Du wirst ja unter diesen Umständen keinen hohen Preis machen.

Ja, da kommst Du schön an, sagte die älteste Tochter, deren Schlägel, während die Männer sprachen, geruht hatte; der Hans ist ein vornehmer Herr, bei dem ist Alles kostbar.

Ich habe Dir noch nichts verkaufen wollen, sagte Hans.

Nähme auch von Dir nichts, und wenn ich's geschenkt bekommen könnte, sagte das Mädchen und lachte laut.

Die Anne bleibt Dir keine Antwort schuldig, sagte der Bäcker schmunzelnd.

Darum frage ich sie auch nicht, erwiderte Hans.

Die Anne war ein großes, starkes, schönes Mädchen mit prächtigen Zähnen und grauen, lach= lustigen Augen. Dem Hans kam es heut Abend nicht zum ersten Mal so vor, als ob diese Augen mit Wohlgefallen auf ihn blickten. Und darin hatte sich denn Hans auch nicht getäuscht; ja noch mehr, der Bäcker hätte nichts dagegen einzuwenden ge= habt, wenn aus den Beiden ein Paar geworden wäre. Er war ein wohlhabender Mann in seiner Art; aber er hatte fünf Kinder und er wußte recht gut, daß ein Paar Arme wie die, über welche der Hans verfügen konnte, schon ein kleines Vermögen aufwogen. Ueberdies hatte die Anne, die ihren

Kopf für sich hatte, schon ein paar Bewerber laufen lassen und war nicht mehr jung genug, um noch lange warten oder große Ansprüche machen zu können. Wollte sie also den Hans — und daran zweifelte Meister Heinz nicht — und wollte der Hans sie — was nicht ebenso gewiß war — nun denn — Meister Heinz war ein guter Vater und konnte, wenn ihm Jemand konvenirte, über die etwaigen Schwächen und Mängel desselben ein Auge zudrücken.

So ließ sich nicht leugnen, daß Hans' Ruf, trotzdem sein Militärpaß sehr gut lautete und er sich während der ganzen Zeit, daß er bei dem Bäcker diente, nicht das Mindeste hatte zu Schulden kommen lassen, keineswegs der beste war. Man konnte ihm nicht vergessen, daß er sich gleich den ersten Tag als Schalksnarren eingeführt hatte; man trug ihm die Scherz- und Witzreden nach, mit denen er freilich nur zu freigebig war; man erzählte sich, daß selbst der Herr Pfarrer es für ein Unglück er-klärt hätte, wenn solche wüste Menschen, wie der Hans, unter den jungen Gesellen in der Gemeinde

den Ton angäben; und als gestern Abend der Förster
Bostelmann im Wirthshause gesagt hatte, daß seit
vierzehn Tagen die Wilddieberei wieder heillos im
Gange und es nothwendig Einer aus dem Dorfe
sei, da hatten die um den Förster Versammelten
sogleich an den Hans gedacht und die Köpfe zu-
sammengesteckt, und der Schulze Eisbein hatte gemeint, er habe es ja immer gesagt, der Apfel falle
nicht weit vom Stamm.

Aber Meister Heinz war ein aufgeklärter Mann
und machte sich den Pfifferling aus solchem Alt-
weibergeschwätz, wenn es in seinen Kram nicht
taugte. Er hatte nun einmal herausgebracht, daß
der Hans für seine Anne der rechte Mann sei, und
so war er denn auch heut Abend ganz besonders
freundlich gegen ihn, und redete mit ihm ein Langes
und Breites über das Holz und über den sechs-
jährigen Schimmel, den er gestern in Schwarzenbach
gekauft hatte, da der alte Fuchs die schwere Arbeit
doch nicht mehr bewältigen könne.

Während der ganzen Zeit stand der Hans wie

auf Kohlen; denn die Stunde, wo ihn Grete an dem Teich unter den Pappeln erwartete, hatte ge= schlagen; er mußte fürchten, sie zu verfehlen, wenn er länger blieb. So gähnte er denn einmal über das andere, that, als ob er vor Müdigkeit sich nicht mehr halten könne, und sagte endlich gute Nacht, ohne sich an den Spott der Anne zu kehren, die hinter ihm herrief, ob sie ihm zu Weihnacht eine Schlafmütze stricken solle?

Hans ging langsam die schmale Gasse hinauf bis an sein Haus; da sah er sich vorsichtig um und schlüpfte dann in den engen Gang, der zwischen seinem Hause und der Scheune des Bäckers direkt nach dem Teiche führte. Dort stahl er sich, lautlos fast, von Baum zu Baum, um den halben Teich herum zu dem Platz, bis zu welchem Grete ihm entgegenzukommen pflegte.

Grete war nicht da; aber das Licht in dem Küchenfenster von des Schulmeisters Hause brannte noch — und das war das Zeichen, daß Grete mög= licherweise noch kommen werde. So setzte sich denn

Hans auf den Baumstumpf und starrte nach dem Licht und horchte auf jedes Geräusch, das sich vernehmen ließ.

Der Abend war so finster, wie ein Abend im Anfang des Oktober nur sein kann. Kein Stern war am Himmel, der Wind raschelte in den dürren Blättern der Pappeln. Von Zeit zu Zeit bellte ein Hund, oder eine Kuh brüllte dumpf aus ihrem Stall; hoch oben von der Landgrafenschlucht herab rauschte der Wald, und unten zu seinen Füßen gurgelte der Bach.

Hans hörte das Alles mit seinen scharfen Ohren; manchmal richtete er sich auf, denn es war ihm, als ob er Grete's leisen Fußtritt vernommen hätte; aber es war nur das Laub am Boden gewesen, das durcheinander wirbelte. Endlich fielen ihm von dem angestrengten Spähen die Augen zu; er hörte nur noch das Gurgeln des Wassers, aber auch das immer dumpfer und dumpfer; sein Kopf sank auf die Brust.

Er träumte, er sei wieder oben im Walde und Grete schaute zwischen den Tannen hervor. Er rief ihr zu, sie solle herankommen; sie rief zurück: komm' Du doch! Er lief auf sie zu, sie eilte vor ihm fort, und je schneller er lief, desto schneller floh sie durch die Tannen; zuletzt hatte er sie fast er= reicht; aber wie er den Arm ausstreckte, sie zu greifen, war es nicht mehr die Grete, sondern der Pantoffel=Claus mit seinem Hundewagen. Der Wagen war bedeckt mit einem groben Laken. An dem Laken war Blut. Was hast Du da? fragte Hans. Was Nares, sagte der Pantoffel=Claus und zog das Laken weg. Da lag im Wagen ein statt= licher Hirsch, den die Kugel auf's Blatt getroffen hatte, und neben dem Hirsch lag eine schöne Büchse. Hans erkannte sie gleich, denn es war des Vaters Büchse. Die gehört mir, sagte Hans und griff nach der Büchse. Oho, sagte der Alte, so schnell geht das nicht, und stieß ihn zurück. Hans griff wieder nach dem Gewehr, der Alte zog an der an= deren Seite, da ging der Schuß los und Hans stand kerzengrade neben dem Baumstumpf, auf dem er gesessen hatte, und rieb sich die Augen.

Das war doch ein kurioser Traum, sagte er.

Da — aber das war wirklich ein Schuß; das war keine Täuschung. Oben in der Landgrafen= schlucht war der Schuß gefallen, rechter Hand, denn das Echo kam links von der Felswand zurück.

Hans stockte der Athem in der Brust. Und jetzt hörte er es quer über die Landgrafenschlucht kommen. Er konnte nichts sehen, aber er wußte es so gut, als ob er es gesehen, daß es ein großer Hirsch in voller Flucht war, aus dem Tempo der Sprünge und aus der Kraft, mit welcher die Läufe aufschlugen, daß die losen Steine herabklirrten, einer bis dicht vor Hans' Füße. Dann war Alles wieder still.

Hans schüttelte sich vor Frost und Grauen. Der Traum und die nächtige Jagd — das hatte Alles so in einander gegriffen; es war ihm, als müsse der Pantoffel=Claus jeden Augenblick hinter der nächsten Pappel hervortreten.

Er sah sich scheu um; die Mondsichel zeigte sich eben über den Bergen zwischen schwarzen, jagenden Wolken. Es mußte schon nach Mitternacht sein. Das Licht in Gretchens Küche war erloschen. Hans lief, als ob er gejagt würde, an dem Teiche hin nach seinem Hause, stahl sich, wie ein Dieb, die morsche Treppe hinauf in seine Kammer, und betete, was er lange nicht gethan, ein Vaterunser, als er die Decke über die Ohren zog.

V.

ährend Hans sich in seinem Dienst über nichts zu beklagen Ursache fand und ganz glücklich gewesen sein würde, wenn er nur Grete öfter hätte sehen und sprechen können, hatte Grete selbst eine desto schwerere Zeit erlebt. Der Vater war ganz außer sich gewesen, als es dem Hans wider alles Erwarten nun doch gelungen war, einen Dienst im Dorf zu bekommen, und noch dazu bei einem so ansehn= lichen Manne, wie der Bäcker Heinz. Er hatte die häßlichsten, giftigsten Reden wider den Hans geführt, und Grete hatte nicht zu widersprechen gewagt, aus Furcht, den Vater, der ja so schon kränklich und gallig war, noch mehr aufzubringen; aber diese Reden hören zu müssen: vom verlorenen Sohn, für

den die Träber noch viel zu gut seien, von dem
Unkraut, das abgehauen und in den Ofen geworfen
werde, von dem räubigen Schaf, das die ganze
Heerde in Gefahr bringe — das war doch hart,
zumal der Herr Pfarrer ganz in den Ton ein=
stimmte. Der Herr Pfarrer war ein noch junger
Mann und erst ein paar Jahre im Dorf. Er war
sehr häßlich, klein und dünn und schief, hatte nur
ein Auge und trug eine große blaue Brille; aber
er war ein sehr eifriger Herr, und ganz erschrecklich
war es anzusehen und anzuhören, wenn er des
Sonntags auf der Kanzel in seinem Eifer mit den
Armen in der Luft focht und auf dem Pult trommelte
und dazu in den höchsten Tönen von der ewigen
Verdammniß sprach. Auch hatte er Betstunden ein=
geführt und wollte von keinen Lustbarkeiten wissen,
die mehr oder weniger alle vom Teufel erfunden
seien. Deßhalb hatte er auch gleich einen so großen
Haß auf den Hans geworfen, den er noch gar nicht
gekannt hatte, weil Hans auf der Burschen=Kirmeß
der Rädelsführer und Hauptmann gewesen war.

Grete, die immer mit in die Betstunden mußte,
und auch sonst manchmal in das Pfarrhaus zur
Frau Pfarrerin kam — einer noch jungen, aber bleichen
und grämlichen Frau, die nicht minder fromm und
unduldsam war, als ihr Gatte — bekam so viel
von der Welt Lust und der Welt Sünde zu hören,
daß sie manchmal gar nicht begreifen konnte, wie
der liebe Gott nur immer noch seine Sonne auf sie
könne scheinen lassen, da sie einem Menschen, der so
schlecht sein sollte, wie der Hans, trotz alledem, noch
immer von Herzen gut war, ja, der ihr, je mehr sie
auf ihn schalten, nur immer lieber und theurer wurde.

Freilich, sie fingen's auch darnach an, ein so
herzensgutes, treues Geschöpf von ihrer Liebe ab=
zubringen! Sollte sie ihn nun auch noch verlassen,
da er Niemand hatte, der für ihn sprach und sich
seiner annahm? Sie hatte ihn nach Allem gefragt,
was sie ihm Böses nachsagten: ob er wirklich, wenn
er mit den anderen Burschen des Abends Kegel
spiele, so viel tränke und lärme, daß es ein Aer=
gerniß für den ruhigen Bauer sei? ob er wirklich

hinter allen Mädchen herlaufe und der Christel aus
der Schenke und Bäckers Anne die Ehe versprochen
habe? ob er wirklich so schlecht und lässig arbeite,
daß ihn der Bäcker schon wieder aus dem Dienst
schicken wolle? ob er wirklich Jürgen Dietrichs Frau,
die ihn an dem ersten Tag aus der Thür gewiesen,
einen schrecklichen Drachen mit feuerrother Zunge
und fürchterlichen Augen an die Hausthür gemalt
habe? Hans hatte auf alle diese Fragen mit einem
kräftigen Nein geantwortet und sich hoch und theuer
verschworen, es sei an dem Allen kein wahres Wort;
nur bei der letzten hatte er gestockt und dann gelacht und Grete den Mund mit einem Kuß stopfen
wollen, und als sich Grete nicht küssen ließ und an
zu weinen fing, ärgerlich gesagt: Nun ja, er habe
der alten Habichtsnase ihr Bild an die Thür gemalt, und das habe sie reichlich verdient; wenn er
aber gewußt hätte, daß Grete ein solches Lamento
darüber machen würde, so würde er es nicht gethan
haben, und auf alle Fälle wolle er es nicht wieder
thun.

Wenn's dann dem Hans schien, daß Grete ihn für einmal just genug ausgefragt habe, fing er seinerseits an, sich auch ein Bischen um Grete's Angelegenheiten zu bekümmern, und sie drei Viertel im Scherz und ein Viertel im Ernst mit Herrn Körner zu necken, der ja jetzt so häufig bei ihrem Vater vorspreche und gewiß ein Kerl sei, dem alle Mädel gut sein müßten. Freilich, in seinem Regiment würde Herr Körner im dritten Gliede von der zwölften Kompagnie linker Flügelmann gewesen sein; aber es sei kein Töpflein je so klein, es finde doch sein Deckelein, besonders wenn das Töpflein ein rundes Bäuchlein habe, und das runde Bäuchlein mit blanken Speciesthalern gestopft sei. Grete ge= rieth jedesmal in großen Zorn, wenn Hans sich nicht schämte, so lästerlich zu reden, und sagte, sie hätte versprochen, ihm treu zu sein und lieber in den Teich zu springen, als einen Andern zu nehmen, und wenn er ihr nicht glaube und einem armen unglücklichen Mädchen das Herz noch schwerer mache, als es ihr schon sei, so thäte sie am besten, gleich auf der Stelle in den Teich zu laufen. Und dann hatte der Hans genug zu thun, die Grete mit guten Worten und mit Küssen wieder zu beruhigen.

Und doch hatte den Hans, wenn er so auf den Busch klopfte, der alte Finkler=Instinkt ganz richtig geführt. Herr Jakob Körner bewarb sich in dieser Zeit eifriger denn je um Grete; aber, wie sich das für einen stillen, bedächtigen Mann so ziemte, ganz in der Stille, ganz mit aller Bedächtigkeit und so, daß er sich in der heikligen Sache viel mehr an den Vater, als an die Tochter wandte. Er klagte dem Alten, wie er in seiner großen Wirthschaft ohne eine junge, wirthschaftliche Frau, wie die Grete eine zu werden verspräche, gar nicht mehr fertig werden könne, und fragte dann so nebenbei, ob dem Schul= meister wirklich mit dem Stück Wiese, das an seine Wiese grenze, gedient sei; er thue seinen Freunden gern einen Dienst, und es solle ihm nicht darauf ankommen, die anderthalb Morgen für einen billigen Preis zu verkaufen. Er behalte noch genug übrig; er sei ein bescheidener Mann, einer von denen, mit

denen es sich gut auskommen lasse. Der Herr
Schulmeister möge sich die Sache bedenken; Eile
habe es gar nicht, er sei gewohnt zu warten.

Der Schulmeister hatte sich die Sache bedacht
und gefunden, daß das ihm angebotene Stück
Wiesenland den geforderten Preis unter Brüdern
werth sei, daß aber, wenn Grete den Jakob heirathete,
man gar nicht erst hinüber und herüber zu kaufen
brauche, sondern Alles hübsch beisammen lassen könne,
sintemalen Grete doch sein einziges Kind. Da Herr
Jakob Körner, wie zu vermuthen stand, die Sache
von demselben Punkte ansah und nur, wie es schien,
vor lauter Bedächtigkeit nicht mit der Sprache heraus
wollte, hatte der Schulmeister ihn etwas ermuthigen
zu müssen geglaubt, und diese ermuthigende Unter=
redung hatte gerade an dem Abend, wo Hans die
Grete vergeblich am Teiche erwartete, stattgefunden,
zu Grete's größtem Kummer, die schier in Ver=
zweiflung gerieth, als der Vater und Herr Körner
heut gar kein Ende fanden, und sie endlich, als
schlechterdings in dem Hause nichts mehr zu thun

war, die Lampe aus dem Küchenfenster nehmen und
sich zu den Männern in die Wohnstube setzen mußte.
Da war denn das so lange und so leise geführte
Gespräch plötzlich in's Stocken gekommen und hatte
dann eine Wendung genommen, die wenig geeignet
war, Grete für das gestörte Stelldichein zu ent=
schädigen.

Herr Körner war gestern Abend in der Schenke
gewesen, als der Förster Bostelmann den andächtig
lauschenden Bauern erzählte, daß es seit vierzehn
Tagen wieder auf dem Walde ein Kreuz und eine
Plage sei mit denen schuftigen Wilddieben, und tausend
Schock=Kreuz=Millionen=Donnerwetter auf die Häupter
des oder der Uebelthäter herabfluchte. Denn Einer
könne es schon nicht sein, wenigstens müsse er einen
ganz ausgefeimten Helfershelfer haben. Das letzte
Mal sei er zehn Minuten nachher auf dem Anschuß
gewesen; das Thier müsse unter dem Feuer gefallen
und sogleich ausgeweidet sein, er habe das Gescheide
noch warm gefunden. Aber von den Dieben und
von dem Wild weiter keine Spur, und doch sei kein

Mensch im Stande, einen Zehnender von der Größe so schnell davonzutragen, es müßte denn ein Riese sein, wie er keinen kenne. Aber es sei ganz dieselbe Geschichte, wie damals, als der alte Winzig noch sein sauberes Handwerk trieb; man habe die alten Schliche und Praktiken noch nicht verlernt. — Sie, die Anwesenden hätten sich Alle angesehen; aber Keiner habe sich die Zunge verbrennen wollen, und der Förster habe auch alsbald wieder sein Gewehr auf den Buckel genommen und sei Hals über Kopf davon gelaufen, weil er überzeugt gewesen sei, daß es heut Nacht wieder losgehe.

So erzählte Herr Körner in seiner langsamen Weise, und sah dabei den Vater an, und der Vater sah den Körner an, just so wie die Bauern in der Schenke bei der Erzählung des Herrn Bostelmann sich angesehen haben sollten, daß es der Grete kalt über den Rücken lief. Großer Gott, was konnten sie meinen? Konnten sie so grausam sein, dem armen Hans auch das noch in die Schuhe zu schieben?

Grete saß und strickte und wagte nicht, die

Augen aufzuschlagen, ja kaum zu athmen, in der Furcht, jetzt, jetzt würde das Schreckliche kommen und sie es sagen, daß es der Hans und kein Anderer gewesen sei. Aber sie sagten nichts, und Herr Körner stand endlich auf und ging.

Der Vater leuchtete ihm aus der Hausthür, die er verschloß, und kam dann in die Stube zurück. Grete saß noch immer in derselben Stellung, die Augen auf das Strickzeug geheftet, dessen Nadeln mehr als nöthig klapperten. Der Alte ging ein paar Mal in der kleinen Stube auf und ab; Grete drückte es fast das Herz ab; sie dachte, sie müßte sterben, wenn sie es sagte, und endlich sagte sie es doch; aber es klang ihr, als ob gar nicht sie es gesagt hätte.

Vater, Du glaubst doch nicht, daß er es gewesen ist?

Frag' ihn doch selbst! rief der Alte zornig und ging in seine Kammer nebenan. Grete hörte, daß er sich zu Bett legte.

Sie saß noch eine Weile und weinte still vor

sich hin. Dann packte sie ihre Sachen zusammen
und ging auf ihre Kammer. Die Lampe hatte sie
unten ausgelöscht; sie mußte stets im Dunkeln zu
Bett gehen, wie es der Vater auch that. Jetzt
noch zu versuchen, den Hans am Teich zu treffen,
wagte sie heute nicht; es war überdies schon zu
spät. Wenn sie gewußt hätte, daß er wirklich in
diesem Augenblicke noch draußen ihrer harrte, sie
hätte doch aller Gefahr getrotzt, wäre zu ihm ge=
eilt, um ihm zu sagen, daß man sich jetzt noch viel
Schrecklicheres als vorher von ihm erzähle, und ihn
bei Gottes Barmherzigkeit zu bitten, wenn er wirk=
lich je auch nur einen so sündhaften Gedanken ge=
habt habe, in sich zu gehen und ihr das nicht an=
zuthun, daß man mit Recht sagen könne, der Hans
ist kein ehrlicher Mensch mehr und kein ehrliches
Mädchen darf sich mit ihm abgeben. Dann fiel
ihr die Antwort, die ihr der Vater auf ihre Frage
gegeben, schwer auf's Herz: Frag' ihn selber!
Hatte der Vater einen Verdacht, hatte er nur eine
Ahnung von den Zusammenkünften am Teich unter

den schwätzenden Pappeln? Grete saß hochauf in
ihrem Bett, als ihr dieser Gedanke kam, und sie
fiel gleich auf ihr erstes Auskunftsmittel in allen
ihren Nöthen: wenn der Vater wirklich dahinter=
gekommen sei, sofort in den Teich, aber bis mitten
in den Teich, wo er am tiefsten sei, zu laufen.
Doch mußte sie sich nach reiflicher Ueberlegung sagen,
daß sie sich nach dieser Seite hin unnöthig ängstige.
Sie war nur immer zum Stelldichein gegangen,
wenn der Vater des Abends mit dem Herrn Pastor,
der Frau Pastorin und dem frommen Werkführer
aus der Porzellanfabrik sein Quartett hatte oder
sonst auf mehrere Stunden sicher vom Hause war.
Christel konnte auch nichts gesehen haben; denn
wenn man Christel Abends um acht Uhr sagte:
Christel, Du kannst zu Bett gehen — konnte man
fünf Minuten später Christel mitsammt dem Bett
forttragen, ohne daß sie's gemerkt hätte.

Trotzdem konnte sich Grete nicht beruhigen.
Immer neue Schreckenbilder drängten sich zu ihr
und hielten sie wach, trotzdem sie ein Vaterunser

nach dem andern betete; endlich konnte sie es vor Angst gar nicht mehr aushalten, sprang auf und öffnete das Fensterchen ihrer Kammer, um mindestens ein wenig frische Luft zu haben.

Die Nacht war dunkel und windig; die schwarzen Wolken trieben schnell unter der schmalen Mondsichel, die eben über dem Landgrafenberg stand. Grete durchschauerte es vor Frost und Furcht. Aus dem Gespräch ihres Vaters mit Herrn Körner fiel ihr allerlei ein: eine dunkle Nacht, wie heut, mit ein wenig Mondschein, das ist so die rechte Nacht für das Gesindel.

Da fiel ein Schuß — oben in der Landgrafenschlucht! Und jetzt noch einer! Ach, du guter Gott! schrie Grete, warf das Fenster zu und stürzte auf ihr Bett. Ach, du guter, guter Gott! Das ist gewiß der Hans gewesen!

VI.

Der Altweibersommer war in dieser Nacht zu Ende gegangen. Um zwei Uhr hatte es angefangen zu regnen, und so blieb es mit kurzen Unterbrechungen den nächsten Tag und die folgenden Tage. Hans spürte es mehr als mancher Andere, daß nun der Sommer unwiederbringlich vorbei war. Im Walde — wenn die Sonne an den Riesentannen des Morgens hinab= und des Abends heraufsteigt, wenn durch die moosigen Stämme das weite Thal lachend herauf grüßt und droben zwischen den ragenden Wipfeln der Himmel hoch herniederblaut, wenn der Schlag der Axt weit in den stillen Wald hineinschallt und man zu jedem Hieb mit warmer, würziger Luft die hochaufathmende Brust füllt —

ja, da arbeitet sich's leicht und der Arbeiter dünkt sich ein ganzer Mann. Aber laßt den Himmel sich schließen und die grauen Wolken tiefer und tiefer sinken, daß sie zuletzt schier in den Zweigen der Bäume hangen und aus den Wolken unendlichen Regen herabgießen, Morgens und Mittags und Abends, fast ohne Unterlaß, daß jede Nadel tropft und die Wasser überall an den Wegen und über die Wege rinnen und es den ganzen Tag durch die regentriefenden Wipfel saust und klappert und heult — da wird die leichte Arbeit schwer und die schwere schwerer und schwerer, und der Arbeiter flucht laut und leise vor sich hin und sagt sich, daß er doch ein recht armseliges, geplagtes Menschen= kind ist.

Bei Hans mußte es hart kommen, bevor er sich zu einem solchen Eingeständniß herbeiließ, aber die letzten Tage hatten wirklich den armen Jungen nicht eben weich angefaßt. Der schlimme Traum zu Nacht am Teichesrand war eine üble Vorbedeutung gewesen, die alsbald in Erfüllung ging. Er hatte

erst gar nicht begreifen können, weßhalb ihn die
Leute alle so sonderbar ansahen und so wunderliche
Reden führten, wenn sie sich, was sie offenbar zu
vermeiden suchten, in ein Gespräch mit ihm ein=
ließen, bis sein Herr ihm sagte, was sie im gan=
zen Dorf über ihn sprächen und wie eigentlich
Keiner mehr daran zweifle, daß er (Hans) „auch
dabei sei". Hans wurde ganz wild, als er hörte,
„wobei" er sein solle, aber sehr betreten, als ihm
Herr Heinz mit seinem mehligen Lächeln sagte: Die
Sache geht mich nichts an, Hans, und ich will auch
nichts davon wissen; aber Deine Einmietherin —
sie hat sich dabei nichts Böses gedacht und ich auch
nicht, Hans — aber Deine Einmietherin hat mir
gesagt, daß Du noch manchmal des Abends fort=
gingst; sie wüßte nicht, wann Du wiederkämst;
vorgestern seiest Du um Mitternacht gekommen.
Das sieht nicht gut aus, Hans, und ich habe der
Müllern einen Thaler gegeben, sie wird wohl wis=
sen, warum. Aber ich rathe Dir zum Guten, Hans;
der Krug geht so lange zu Wasser, bis er bricht,

und das sollte mir doch leid thun: ich bin nicht der harte Kerl, für den man mich ausschreit, Hans, und wenn Einer zum Heinz hält, zu dem hält der Heinz auch.

Hans schwur das Blaue vom Himmel herab, daß er nicht daran gedacht habe, Herrn Förster Bostelmann ins Handwerk zu pfuschen und daß es eine Sünde und Schande sei, einem armen Kerl so etwas nachzureden; aber da er seine Gründe hatte, die nächtlichen Gänge nicht zu erwähnen, und er, als Herr Heinz abermals auf den Punkt zu sprechen kam, nicht Ja und nicht Nein sagte, sondern nur wieder auf die schlechte, verlogene Welt zu raison= niren anfing, geschah es, daß er den schlauen Bäcker keineswegs überzeugte. Herr Heinz war im Grunde seines Herzens der Ansicht, daß man nicht nur Alles thun könne, was das Gesetz nicht aus= drücklich verbiete, sondern noch außerdem sehr Vieles, was im Gesetz verpönt sei, wenn man nur die Vorsicht gebrauche, sich nicht erwischen zu lassen. Auch stimmte er in diesem seinem stillen Glaubens=

bekenntniß ohne Zweifel mit dem seiner meisten
Nachbarn überein, und so würde man unter anderen
Umständen nicht viel Wesens aus der Sache ge=
macht haben; nur da es sich um den Hans handelte,
den so angesehene Leute wie der Schulze Eisbein,
der Oekonom Herr Jakob Körner, Jürgen Dietrich,
Jakob Lipke und Andere gar zu gern aus der Ge=
meinde gehabt hätten, so hielt sich Jeder für so be=
rechtigt, wie verpflichtet, dem Hans was am Zeuge
zu flicken, und, Dank dieser Vielgeschäftigkeit, bestand
denn das Kleid des armen Jungen, wenigstens in
den Augen seiner Mitbauern, bald nur noch aus
den erbärmlichsten und schlechtesten Lumpen. „Der
lange Schlagetodt" — ein Spitzwort, das sie dem
Hans schon auf der Schule gegeben hatten, kam,
begleitet mit noch manchen andern schmückenden Bei=
wörtern, wieder sehr in Aufnahme, und wer weiß,
ob sie ihm gelegentlich ihre Abneigung nicht auch
auf eine handgreifliche Weise zu erkennen gegeben
haben würden, wenn es nicht eine allgemeine Rede
gewesen wäre, daß es der Hans mit Dreien (Andere

sagten, mit Sechsen aufnehme, und der Bäcker
Heinz, mit dem aus anderen Gründen auch Nie=
mand gern anbinden mochte, ihm nicht so die Stange
gehalten hätte.

Und das war noch nicht das Schlimmste; aber
von der Grete während der ganzen Zeit nichts zu
sehen und zu hören — das konnte der Hans nicht,
wie das Andere, auf die leichte Achsel nehmen —
das drückte schwer, schwerer, als der schwerste Holz=
kloben. Seit jener Nacht hatte das Lämpchen in
Grete's Küche nicht ein einziges Mal von der be=
stimmten Stelle aus geleuchtet. Hans wußte nicht,
wieviel Ursache Grete hatte, sich vor dem arg=
wöhnischen Vater und den schadenfrohen Nachbarn
in Acht zu nehmen, und wenn auch, dachte Hans,
wer nicht wagt, nicht gewinnt; ich habe auch Grund
genug, aufzupassen, und riskire wohl noch mehr, als
die Grete; aber das sollte mir fehlen, daß ich mich
dadurch ins Bockshorn jagen ließe!

Hans war anfänglich sehr unwillig auf die
Müllern, seine Abmietherin, gewesen, daß sie ge=

schwätzt, und hatte ihr auch gleich kündigen wollen,
da der Monat just zu Ende war und die Frau
diesmal so wenig zahlen konnte, wie den vorigen
Monat. Aber als er im Begriff war, das Weib
fortzuschicken, vermochte er es nicht — wo sollte sie
hin? Keiner würde sie nehmen; hier wohnten sie
wenigstens trocken und er hatte sich schon vorge=
nommen, ihnen zum Winter das Raff= und Lese=
holz, das der großmüthige Herr Heinz ihm über=
lassen, zu geben; überdies war das Jüngste, das
der große Hans, weil es so lächerlich klein war,
am liebsten hatte, krank geworden. So fing denn
Hans von was Anderem an zu sprechen und
schenkte ihr ein paar Groschen, da sie, wie gewöhn=
lich, wieder keinen Pfennig im Hause hatte. Sie
wird schon nicht wieder schwätzen, wenn ich ihr
sage, daß sie mir dadurch Ungelegenheiten gemacht
hat, dachte Hans; ja er überlegte schon, ob er die
Frau Müller, die, als halbe Bettlerin, sich leicht
Zugang zu allen Häusern verschaffen konnte, nicht
mit einer Botschaft an Grete betrauen solle, als er

von Grete Nachricht erhielt, und zwar durch Jemand, von dem er es am allerwenigsten erwartet hatte.

Dies war nämlich Niemand anders, als der Pantoffel-Claus, der außer seinen Strohpantoffeln auch Körbe, Matten, die er aus einer jenseits des Waldes belegenen Fabrik bezog, zu verkaufen hatte, und ebenfalls viel in die Häuser kam. Der begegnete eines Tages, wiederum mit dem leeren Wagen, also auf seiner Fahrt in die Fabrik, dem Hans, der oben auf dem Nachhausewege seine Noth mit dem neuen Schimmel hatte. Der Schimmel, ein junges, unbändiges Thier aus der Ebene, empfand eine unüberwindliche Scheu vor allen steilen Wegen bergab, vermuthlich weil er der Sicherheit des Hemmschuhs an dem hinter ihm her schurrenden schwer beladenen Wagen nicht traute, und in Folge dessen die so schon große Schwierigkeit derartiger Passagen durch eine entschiedene Neigung durchzugehen noch wesentlich vermehrte.

Ein bös Stück Arbeit, Hans, sagte der Pantoffel-Claus, indem er die zerrissene Decke, die er des Regens wegen über den Kopf gezogen hatte, ein wenig lüftete.

Hans, der den schlimmen Traum noch nicht vergessen und sich überdies eben erst über den jetzt mit schnaubenden Nüstern und fliegenden Weichen dastehenden Schimmel zu sehr geärgert hatte, war durchaus nicht in der Stimmung zu einer Unterhaltung. Er brummte deßhalb etwas vor sich hin, das jedenfalls keine Aufmunterung für den Pantoffel=Claus enthielt, die angefangene Konversation fortzusetzen.

Nichtsdestoweniger mußte es der alte Mann so verstanden haben; denn er zog seine kurze Pfeife unter dem Rock hervor, setzte dieselbe in Brand und sagte noch einmal:

Eine böse Arbeit, Hans; wird aber gut bezahlt?

Ich frage Euch nicht, was Euch Eure Arbeit einbringt, erwiderte Hans grob.

Nu, nu, nichts für ungut, sagte der Alte; was meine Arbeit einbringt, das ist bald herausgerechnet: an jedem Paar Pantoffeln habe ich zwei Pfennige, an jeder Decke drei, und brauche die ganze Woche, bis ich meinen Wagen verkauft habe — das ist nicht genug zum Leben, aber just genug zum Ver= hungern, und würde auch schon lange verhungert sein, wenn nicht manchmal so ein kleiner Nebenver= dienst den Kohl ein Bißchen fetter machte.

So, sagte Hans.

Ja, sagte der Pantoffel=Claus; solltest Dir auch einen Nebenverdienst machen, Hans; ja, das solltest Du.

Wüßt' nicht, wie ich das anzufangen hätte, brummte Hans.

Nu, das fände sich schon, sagte der Alte, nach= denklich vor sich hin rauchend, das fände sich schon, und der Claus ist schon der Mann, einem braven Kerl einen Verdienst zuzuwenden. Hab' Deinem Vater auch manchen Groschen zu verdienen gegeben, Hans; ja, das hab' ich.

So, sagte Hans.

Ja, ja, fuhr der Pantoffel=Claus fort, manchen Groschen. Ja, er konnt's brauchen und Du wirst's auch brauchen können, Hans.

Wie meint Ihr das?

Nu, ich meine nur, ein so schmucker Bursche wird doch nicht ledig bleiben wollen, wie ich alter Wechselbalg, aus dem sich die Mädel nie was gemacht haben, und eine Frau, Hans, und Kinder, Hans, die kosten viel Geld, viel Geld.

Und der Alte schüttelte bedenklich den Kopf, daß das Regenwasser aus der Decke ihm auf die Nase tropfte.

Ich werde auch ledig bleiben, sagte Hans, in melancholischer Erinnerung der schlechten Grete, von der er seit acht Tagen nichts gehört und gesehen hatte.

Das wäre, Hans, das wäre! sagte der Pantoffel=Claus, und dabei rauchte er nachdenklicher, als je. Freilich, Du hast mir noch keine Strohdecken abgekauft und sie der Grete ins Haus geschickt, wie der Jakob Körner heut Morgen.

Was sagt Ihr? rief Hans und riß den Schimmel, der sich mittlerweile erholt hatte und ungeduldig zu werden begann, heftig am Zügel zurück.

Ja, ja, sagte der Claus, immer gerade vor

sich hin rauchend, heut Morgen; es waren meine
letzten und theuersten, die ich nicht hatte loswerden
können. Da kommt der Jakob vorbei, als ich eben
vor der Schenke abfahren will, und fängt an zu
handeln; dauerte lange, bis wir einig wurden.
Hier hast Du noch einen Groschen, Claus, sagte
der Jakob drauf und suchte in der Westentasche, und
nun fahre damit zum Schulmeister und mach' ein
Compliment von mir und das schicke ich Mamsell
Greten. Oho, dachte ich, Mamsell Greten! schaust
Du so aus? sagte aber nichts und fuhr vor des
Schulmeisters Haus. Der war in der Schule, ja,
der war in der Schule! Na, Hans, der Schimmel
will nicht mehr stehen, und ich muß machen, daß
ich noch im Schummer über den Berg komme.
Gott befohlen, Hans!

Der Alte pfiff seinen Hunden, die sich unter=
dessen, in Anbetracht wahrscheinlich, daß sie nasser
doch nicht werden könnten, als sie schon waren, auf
dem Weg mitten in die rinnenden Wasser gelegt
hatten.

Der Schimmel steht schon noch ein Weilchen, sagte Hans.

Hab' auch nicht mehr viel zu erzählen, sagte der Alte, indem er an den Strängen, die sich verwirrt hatten, zu knüpfen begann; traf das Jüngferchen allein und richtete meine Botschaft aus. Dachte, ein schön Dank zu bekommen als Botenlohn und ein Butterbrot und einen Schnaps; statt dessen fängt das Jüngferchen an zu heulen, daß sich Gott erbarm, und wirft mir meine schönen Decken auf die Erde, als wenn's alte Strohwische wären, und heult immer fort. Na, dacht' ich in meinem Sinn, das schaut bös aus; möcht' nicht der Pfaffe sein, der darüber Amen sagt! Guten Abend, Hans, komm gut nach Haus.

Die Hunde zogen an; einer bellte auch ein wenig, vor Freuden, daß es endlich vorwärts ging, wurde aber für diese unzeitige Regung vom Alten mit einem derben Hieb bestraft; ein paar Augenblicke darauf war der Hans wieder allein und

setzte in großer Nachdenklichkeit seinen mühevollen
Weg bergab nach Hause fort. Ein paar Mal
lachte er behaglich, und das war, so oft er sich das
Bild ausmalte, wie Grete die Strohdecken in die
Ecke warf, während er selbst, zur Vervollständigung
dieses Bildes, Herrn Jakob Körner sehr unsanft
auf eben diesen Decken zum Sitzen brachte. Alles
in Allem aber hatte ihn doch die Unterredung mit
dem Pantoffel=Claus viel mehr mit Unruhe als mit
Freude erfüllt. Das Präsent wollte ihm nicht wie=
der aus dem Sinn, und er fragte sich, ob Grete sich
nicht nach und nach an den Anblick der Strohdecken
gewöhnen würde. Ein Mädchen sei doch eben ein
Mädchen, und ein reicher Freier — Himmelhöllen=
element, Schimmel, verdammter, wirst endlich ein=
mal Frieden halten!

Als er nach Hause kam, hatte es zu regnen
aufgehört, und man konnte nach dem Abendbrot
die lange unterbrochene Arbeit des Flachsklopfens
auf den trocken gewischten Steinstufen vor der Haus=
thür wieder aufnehmen. Hans stand, mit seiner

geliebten Pfeife im Munde, und sah den Mädchen
zu; die Hoffnung, Grete unter den Pappeln zu
treffen, hatte er, nach so vielen vergeblichen Ver=
suchen, vorläufig aufgegeben. Die Mädchen schwätzten,
Meister Heinz lehnte, die Hände in den Taschen,
in der Thür und ventilirte mit Hans das nicht
mehr ganz neue Thema, ob man nicht besser thäte,
den alten Fuchs wieder einzuspannen, bis der
Schimmel sich mehr an diese Art der Arbeit ge=
wöhnt habe. Da kam Herr Jakob aus seinem
Hause quer über die Straße. Als er die Gruppe
vor des Bäckers Thür bemerkte, stutzte er, schritt
aber dann doch mit einem kurzen „Guten Abend“
vorüber in die Nebengasse. Er hielt etwas in der
rechten Hand, das man bei der Dämmerung nicht
wohl erkennen konnte, um so mehr, als er es im
Vorüberschreiten in die linke nahm.

Die Mädchen kicherten; Hans hörte, wie die
Anne sagte: Der geht zu seinem Schatz, und Lis=
beth, die zweite: Hast Du den großmächtigen Strauß
nicht gesehen? und die dritte, Anne Kathrin:

Nu wird's ja wohl richtig sein. Dann ging das
Kichern wieder an.

Hans lag es wie eine Centnerlast auf der
Brust; er hörte gar nicht mehr, was der Bäcker
sagte. Es zuckte ihm in allen Gliedern, dem Jakob
nachzulaufen und ihn rechts oder links in den großen
oder in den kleinen Teich zu werfen; aber er hatte
keinen Vorwand, fortzukommen, und dann fiel ihm
plötzlich ein, weshalb er nicht, während die Grete
mit ihrem Schatz schön thue, mit den Bäcker=Mädels
lustig sein solle? Er stellte sich vor sie hin und
fing an, sich mit der Anne zu necken. Die Anne
verlangte nichts Besseres, und bald war es ein
Lachen und Gekreisch, daß man's weit in die Gasse
hinein hörte. Der Alte stand daneben und lächelte
sein mehligstes Lächeln. Hernach erzählte der Hans
aus seinem Soldatenleben die köstlichsten Manöver=
geschichten, in denen es manchmal so bunt herging,
daß die Mädchen sich die Ohren zuhielten, oder
wenigstens so thaten, und Meister Heinz sich die
Fäuste in die Seiten stämmte. Sie waren noch im

besten Gange, als Herr Jakob Körner zurück kam. Die übermüthige Anne rief ihm zu, ob er vielleicht einen Strauß verloren habe, sie habe einen ge= funden. Das gab denn wieder einen gewaltigen Jubel, in welchen am lautesten Hans einstimmte. Endlich fing es wieder an zu regnen; Hans ging nach Hause, nachdem er den Mädchen den Flachs ins Haus getragen und bei der Gelegenheit der Anne, die in der Eile und der Dunkelheit ihm ge= rade in die Arme gelaufen war, einen Kuß gegeben hatte. Das war mal ein vergnügter Abend, sagte Hans.

VII.

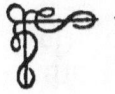Am nächsten Morgen aber war seine Stimmung nichts weniger als vergnüglich. Es hatte in der Nacht so gestürmt, daß er gemeint hatte, der Wind werde den ganzen Giebel herunterwehen; dazu hatte es an mehr als einer Stelle durchgeregnet, ihm gerade aufs Bett. So war aus dem Schlaf nicht viel geworden, und der Hans merkte das in allen Gliedern, als er die dunkle Stiege noch vor Tagesanbruch hinabtastete.

Indessen eine schlechte Nacht war eben kein so großes Unglück; Hans hatte deren schon viele verbracht, und als er erst ein paar Schritte gethan, fanden sich auch die Glieder schon wieder zusammen. Mit seinen Gedanken ging es weniger leicht. Es

war ihm noch während der ganzen Nacht so vorge=
kommen und kam ihm jetzt abermals und in noch
stärkerem Grade so vor, als ob der Spaß, den er
gestern mit den Bäcker=Mädels getrieben, doch eigent=
lich ein recht schlechter Spaß gewesen sei. Sein ge=
wöhnlicher Trost, daß er's doch nur um der Grete
willen gethan habe, wollte nicht verfangen. Grete
würde schwerlich zu Allem Ja und Amen gesagt
haben; und dann der Kuß hinter der Hausthür —
Hans schüttelte ganz betrübt den Kopf. Einen
Kuß in Ehren soll freilich Niemand wehren, und
es fielen ihm hier verschiedene Küsse ein, die er
gegeben hatte, und unter anderen auch einige, mit
deren Ehre es etwas schief stand. Indessen — in=
dessen, besser wär's gewesen, ich hätte mich zur
rechten Zeit nach Hause getrollt. Aber es ist schon,
als wenn mich der Böse plagt, daß ich immer das
thue, was ich just lassen sollte.

Hans schob den Riegel von der Hofthür zurück
und ging gleich in den Stall. Sonst war er immer
erst in der Küche erschienen, dort seinen Morgen=

kaffe zu trinken; aber so gut ihm der sonst auch
schmeckte, heut hatte er gar keinen Appetit darauf.
In dem Hause war Alles still; vielleicht hörte ihn
Keiner, und das wäre ihm das Liebste gewesen.

Er schirrte den Fuchs auf, wie er es gestern
mit dem Bäcker verabredet hatte, und wollte das
Thier eben aus dem Stall ziehen, als er Herrn
Heinz aus dem Hause kommen sah, gerade auf den
Pferdestall zu. Wo führt der Kukuk den Alten so
früh her, brummte Hans.

Guten Morgen, Hans, sagte der Bäcker; schon
so früh auf, das ist recht. War ein Hexenwetter
heut Nacht.

Ein richtiges, sagte Hans.

Der Bäcker blickte den Hans so eigenthümlich
an. Was will denn der Alte nur heut von Dir,
dachte Hans.

Ich will fort, Meister! sagte er endlich, als der
Bäcker noch immer keine Miene machte, den Platz
vor dem Fuchs zu räumen, und bald den Fuchs,
bald den Hans ansah.

Ist nicht so eilig, sagte der Bäcker, mußt auch
noch erst den Kaffe trinken; aber — was ich sagen
wollte, Hans — ich bin ein graber Kerl und mache
nicht viel Worte. Es ist just nicht Sitte bei uns
zu Lande, daß solche arme Schelme, wie Du, Hans,
in die Familie von Großbauern heirathen. Aber
das Mädel ist Dir gut, Hans, und so drückt man
schon ein Auge zu. Viel kann ich ihr nicht mit=
geben; aber Du bringst ja auch nicht viel. Ich
lasse Euch Dein Haus wieder zurecht machen, da
könnt Ihr ganz gut fertig werden; Du übernimmst
die Außenwirthschaft, bis der August von den Sol=
daten kommt. Dann habt Ihr Beide sie zusammen,
und wenn Ihr Euch nicht vertragen könnt, findet
sich schon etwas Anderes für Dich. Und nun,
Hans, geh' in die Küche und mach' es mit dem
Mädchen richtig.

Hans hatte während dieser langen Rede sich
von einem seiner langen Beine auf's andere gestellt
und zwanzigmal den Mund geöffnet, um Herrn
Heinz für seine gute Meinung zu danken; aber

Herr Heinz war so im Zuge gewesen, wie ein Gaul auf glattem Wege, und nun, da er schwieg, wollte der Hans, der Meister hätte noch eine halbe Stunde fortgesprochen.

Nun, Hans? sagte der Bäcker, als sich Hans nicht rührte. Das hat Dich überrascht, gelt? und er lächelte das zufriedenste Wohlthäterlächeln.

Hans raffte sich zusammen und sagte:

Ich dank' Euch, Herr Heinz, von ganzem Herzen danke ich Euch; aber es kann nicht sein. Eure Anne ist ein kreuzbraves Mädel, der ich alles Gute gönne. Sie bekommt auch gewiß noch einen Besseren, als mich; es sollte mir herzlich leid thun, wenn sie sich's zu Herzen nähme, daß sie mich nicht haben kann. Aber es kann schon nicht sein.

Hans hatte sehr stotternd angefangen; aber die letzten Worte sprach er ganz fest, so daß der Bäcker, der im Anfang noch immer ganz wohlthätig ge= lächelt hatte, weil er glaubte, der Hans könne vor lauter Bescheidenheit keine Worte des Dankes finden, endlich die rechte Meinung heraushörte und vor

Zorn ganz kreideweiß in seinem ohnehin schon bleichen, aufgedunsenen Gesicht wurde.

So! sagte er endlich, als ihm die Sprache wiederkam; so! Ein solcher Kerl, wie Du, will mein Mädchen nicht, wenn ich sie ihm anbiete! Ein solcher Hungerleider, ein solcher Lump!

Was den Lumpen betrifft, sagte Hans, so mögt Ihr den für Euch behalten, Meister, und was den Hungerleider angeht, so freut Euch, daß Ihr keiner seid. Ein ander Mal wartet, bis Euch Einer um Eure Tochter anspricht; dann braucht Ihr nicht in Gift und Galle zu gerathen, wenn der Andere sie nicht haben will. Und nun, Meister, laßt uns damit aufhören und mich an meine Arbeit gehen.

Der Bäcker schoß die giftigsten Blicke auf den Hans, als hätte er ihn am liebsten gleich durchge= prügelt; aber da dies leichter gewünscht, als aus= geführt war, riß er vorläufig einmal den Fuchs, den Hans eben an die Deichsel schieben wollte, heftig zurück und rief:

Ja, das paßte Dir wohl, mit dem alten Vieh

zu fahren, das eben so faul ist wie Du selbst!
Den Schimmel sollst Du einspannen, ich hab's Dir
noch gestern Abend gesagt.

Mit Verlaub, Herr, erwiderte Hans, der immer
ruhiger wurde, je unsinniger sich der Andere ge=
berdete; das ist nicht andem, im Gegentheil; und
just heut ist's nöthig, daß der Fuchs eingespannt
wird. Der Weg muß heut noch viel schlimmer
sein, als gestern.

Und ich sag's Dir, daß Du den Schimmel
nimmst, schrie der Bäcker, den der Widerspruch nur
immer grimmiger machte.

Meinetwegen, sagte Hans, und nahm dem Fuchs,
den der Bäcker unterdessen in den Stall gezogen
hatte, das Geschirr ab und legte es dem Schimmel
auf; aber wenn's ein Unglück gibt, schiebt's Euch
selber in die Schuhe.

Der Bäcker wußte nichts mehr zu erwidern und
begnügte sich deßhalb, Hans mit wüthenden Blicken
anzustarren, während dieser den Schimmel vollends

einspannte und dann, das Thier am Zügel fassend, das Fuhrwerk zum Hofe hinausleitete.

Und übrigens ist es das letzte Mal, daß Du für mich auf die Arbeit gehst, rief der Bäcker hinter ihm her.

Meinetwegen, sagte Hans; aber er dachte an was Anderes, an die Gestalt nämlich, die, als er den Hof verließ, laut weinend und sich die Schürzenzipfel in die Augen drückend, hinter der Thür hervor, wo sie gestanden und gelauscht haben mußte, in das Dunkel des Flurs zurücktauchte. Es konnte Niemand Anderes sein, als Anne. Sie hatte ohne Zweifel Alles gehört; denn der Hof war klein, und man hatte laut genug gesprochen. Wenn sie das gewußt hätte, sie würde sich nicht hinter die Thür postirt haben, dachte Hans und seufzte. Er mochte die Anne so weit ganz gern, und es that ihm leid, sie so gekränkt zu haben. Der verdammte Kuß, brummte er, der verdammte Kuß gestern Abend, der ist an Allem schuld. Und ich hätt's ja auch ganz gewiß nicht gethan, wenn der Schuft von

Körner nicht wieder zur Grete geschlichen wäre.
Der Körner, der Hallunke, hat's zu verantworten,
aber ich kriege ihn wohl noch einmal.

Wenn Hans so die Schuld der bösen Scene,
aus welcher er kam, auf Herrn Oekonom Körner
abzuwälzen suchte, mußte natürlich die arme Anne
dem wüthenden Bäcker zu demselben Experiment
dienen. Das komme davon, wenn man auf das
verdammte Weibergeschwätz höre und die Weiber
auch einmal für Christenmenschen ansehe. Nun
habe er sich so eines albernen Weiberklatsches wegen
mit dem besten Knecht erzürnt, den er sein Lebelang
gehabt. Und warum habe er denn den Menschen
überhaupt ins Haus genommen und sich seinethalben
mit der ganzen Gemeinde beinahe überworfen? Doch
auch nur, weil sie ihm Alle in den Ohren gelegen,
es zu thun, und mit ihm gezankt hätten, weil er
den Hans das erste Mal von seiner Thür geschickt
habe. Wenn er doch nur immer seinem Kopf folgen
und nie auf das dumme Weibergeschwätz hören wollte!

So schrie der Bäcker, daß man es auf der

anderen Seite der Straße hören konnte. Die Anne
weinte und sagte immerfort, sie könne nichts dafür,
und der Hans habe sie gestern Abend geküßt; Lise
und Kathrin mischten sich in den Streit und be-
haupteten, die Anne denke immer, daß ihr alle
Mannsleute nachliefen; anstatt aus dem Wege zu
gehen und anderen Mädchen Platz zu machen, die
auch leben wollten, sei sie immer vorauf und ver-
scheuche alle Männer, denen sie es gar nicht verdenken könnten, wenn sie so eine alte Person, die
schon hundert Liebschaften gehabt habe, nicht nehmen
wollten. Der Müller wollte den Zwist, der in
offenen Krieg auszuarten drohte, beilegen und machte
es nur noch schlimmer. Endlich schrien Alle auf
einmal, auch der Lehrling, der (Keiner hätte zu
sagen gewußt, weßhalb?) von dem zornigen Meister
ein paar fürchterliche Ohrfeigen erhalten hatte,
während unterdessen die Kunden, welche die Morgen-
semmeln haben wollten, kamen und gingen und in
kürzester Frist über das ganze Dorf die Nachricht
verbreiteten, der lange Schlagtodt habe den drei

Bäckertöchtern jeder einzeln die Ehe versprochen, und der Bäcker stehe mit einem großen Prügel hinter der Thür, um dem Hans, wenn er von der Arbeit komme, seine Freite zu gesegnen.

Es war an demselben Vormittag, als die Kinder, die in langer Reihe zu Zweien aus der Schule kamen, zwischen den Teichen Herrn Jakob Körner begegneten, der den schwarzen Sonntagsrock anhatte und eine ungeheure dunkelrothe Aster (die schon etwas stark verblüht war) an der Brust trug. Die Kinder zogen die Mützen vor dem reichen Herrn Körner und riefen: Guten Tag, Herr Körner, guten Tag, Herr Körner! und Herr Körner dankte immer= fort sehr huldvoll, bis zuletzt die größeren Buben kamen, von denen er Einen anhielt, um ihn zu fragen, ob der Herr Schulmeister noch im Schul= gebäude oder schon wieder nach seiner Wohnung gegangen sei? Der Junge wußte es nicht; dessen= ungeachtet tappte ihn Herr Körner auf den Kopf, griff sogar in die Westentasche, um ihm einen Groschen zu geben, besann sich aber noch zur rechten

Zeit, daß er nur zwei Fünfgroschenstücke darin habe,
tappte deßhalb den Jungen noch einmal auf den
blonden Kopf und schritt weiter, gerade auf des
Schulmeisters Wohnung zu.

Vor der Thür stand er still, blickte nachdenklich
auf die verblühte Aster in seinem Knopfloch, athmete
ein paar Mal noch kürzer als sonst und trat ins
Haus.

Auf dem Flur vor der Thür der Wohnstube
rechter Hand machte er noch einmal Station, besah
nochmals die Aster, fand, daß sie sich gar nicht so
gut ausnehme, als er gedacht hatte, und steckte sie
in die Rocktasche. Sein Athem ging beängstigend
kurz, und er fuhr einen Schritt zurück, als jetzt
plötzlich von innen die Thür geöffnet wurde und
Herr Selbitz auf der Schwelle erschien.

Freue mich der Ehre, sagte der Schulmeister.

Herr Körner hatte bereits gesehen, daß Grete
nicht im Zimmer war, und fühlte sich dadurch wesent=
lich beruhigt; doch schwand dieses Gefühl der Sicher=
heit sofort wieder, als er die Miene seines erhofften

Schwiegervaters genauer betrachtete.   Herr Selbitz
hatte die Augenbrauen noch niemals so hoch hinauf
und die Mundwinkel so tief hinab gezogen gehabt,
als in diesem Augenblick.

Setzen Sie sich, setzen Sie sich, sagte Herr
Selbitz, meine Tochter wird gleich hier sein. Ich
habe ihr gesagt, daß Sie heut nach der Schule
kommen würden. Sie werden also erwartet, was
in solchem Falle immer sehr angenehm ist.

Herr Oekonom Körner schien von der Annehm=
lichkeit der Situation nicht ebenso überzeugt. Er
rückte unruhig auf seinem Stuhl und sah sehr roth
und verlegen aus. Endlich gelang es ihm, heraus=
zustottern:

Ich hoffe, daß Mamsell Grete uns nicht, ich
meine, mir nicht, einen Streich — ehem!

Herr Körner hustete in die hohle Hand.

Meine Tochter weiß, was ein junges Mädchen
ihrem Vater schuldig ist, sagte Herr Selbitz.

Der Blick nach der Thür, mit dem er diese
Worte begleitete, sprach keineswegs für die Festig=

keit seines Vertrauens auf die der Tochter nachge=
rühmte Wissenschaft. Die beiden Männer wechselten
einen schnellen, vielsagenden Blick, als jetzt vor der
Thür ein Geräusch laut wurde, das einem unter=
drückten Schluchzen auffallend ähnlich klang. Die
Thür wurde zögernd geöffnet und Grete trat zögernd
herein.

Das arme kleine Ding sah so bleich und ver=
weint und geängstigt aus, daß man schon ein sehr
schlechtes Gewissen haben mußte, wenn man — wie
die beiden Männer im Zimmer — über den Aus=
gang eines Handels mit einem scheinbar so schwachen
und hülflosen Geschöpf nichts weniger als ruhig
war. Grete blieb an der Thür stehen (auch Herr
Körner war aufgestanden, aber ohne es zu wagen,
sich von seinem Stuhl weiter zu entfernen), Herr
Selbitz zog die Augenbrauen so hoch, daß sie kaum
noch auf der Stirn saßen, und sagte in seinem
salbungsvollsten Ton:

Der lieb= und ehrenwerthe Herr Jakob Körner
hier hat meinem Hause die große Ehre angethan,

Dich, meine Tochter Margarete Lina Amalia, zu
seinem ehelichen Weibe zu begehren. Er hat recht=
schaffen gehandelt, wasmaßen er sich nicht, gleich
so vielen leichtfertigen und gewissenlosen Jünglingen,
zuerst an die Tochter und dann erst an den Vater,
sondern umgekehrt, erst an den Vater und dann an
die Tochter gewandt hat, eingedenk des Spruches,
daß der Mutter Segen den Kindern Häuser baut,
aber des Vaters Fluch reißet sie nieder. Und Du,
meine Tochter, wirst dem hier anwesenden Herrn
Jakob Körner mit dem Segen Deines Vaters die
Hand reichen, eingedenk des vierten Gebots, welches
den Kindern befiehlt, die Eltern zu ehren, auf daß
es ihnen wohlergehe und sie lange leben auf Erden.
Deßhalb tritt näher, mein Kind, und —

Ich kann nicht, Vater, ich kann nicht, murmelte
das arme Ding.

Du kannst nicht? donnerte der Vater, dessen
künstliche Ruhe die pathetische Rede, die er gehalten
hatte, vollkommen erschöpft haben mußte. Du kannst
nicht, ungerathenes Kind? Du sollst, sage ich Dir,

Du sollst! Oder ich will Dir zeigen, daß ich nicht umsonst Dein Herr und Vater bin. Wenn das Deine selige Mutter hören könnte — im Grabe würde sie sich umdrehen!

Ach du guter, guter Gott, schluchzte das Mädchen und rang verzweiflungsvoll die Hände.

Aber ich weiß, was Dir im Kopf steckt, fuhr der Zornige fort; pfui, pfui des Ungehorsams, den ich von meinem einzigen Kinde erleben muß, also daß ich mit Leid in meine Grube fahren werde! Pfui der Schande, die über mein ehrbares Haus kommt!

Der Alte, der sich in seiner Hoffnung, die sonst so willfährige Grete werde im letzten Augenblick doch noch Ja sagen, so bitter betrogen sah, gerieth ganz außer sich vor Zorn, und es fehlte nicht viel, daß er seine Tochter in Gegenwart des ihr zugedachten Mannes geschlagen hätte. Herr Körner machte ein Gesicht, aus dem sehr viel mehr Aerger und Grimm, als Scham und Reue sprach; Grete stand noch immer in Thränen gebadet und

augenscheinlich so angegriffen, daß sie sich kaum auf
den Füßen halten konnte, an der Thür.   Plötzlich
wurde diese aufgerissen; Christel, die Magd, schrie
in das Zimmer hinein:

Ach du guter, guter Gott! Wißt Ihr's denn
noch nicht?   Der Hans hat ja eben dem Bäcker
seinen Schimmel todtgestochen und dem Bäcker die
Kehle abgeschnitten!

Grete kreischte auf, wollte aus dem Zimmer,
strauchelte aber auf der Schwelle und fiel dem
Mädchen ohnmächtig in die Arme.   Auch jetzt hielt
Herr Oekonom Körner den Augenblick, seinen Rück=
zug anzutreten, noch nicht für gekommen, bis der
Alte selbst, da Grete wieder anfing sich zu be=
wegen, der Scene ein Ende machen zu müssen
glaubte und den glücklichen Freier fortschickte, damit
derselbe sich nach der schrecklichen Geschichte erkun=
digte und schleunigst Nachricht zurückbrächte.

Glücklicherweise war die Geschichte so schrecklich
nicht, wie sie auf dem übrigens keineswegs langen
Wege von des Bäckers bis zu des Schulmeisters

Haus geworden war, wenngleich noch immer schlimm
genug für den armen Hans.

Hans hatte schon gegen zehn Uhr seine Arbeit
oben im Walde beendet und das letzte Fuder Holz,
das überhaupt hinabzuschaffen war, geladen. Dabei war ihm so schwer um's Herz gewesen, wie
noch nie im Leben. Er hatte so glückliche Stunden
zugebracht, hier oben auf dem Holzplatz, der jetzt,
nachdem alles Holz abgefahren und der Wagen
fußtiefe Furchen in den Boden gedrückt hatte, so
leer und häßlich aussah. Und die Arbeit war nicht
nur für dieses Jahr, sondern auch überhaupt die
letzte, die er in diesem Walde thun sollte. Der
Meister hatte ihm ja gekündigt; er hatte eigentlich
nicht das Recht dazu, ihn so Knall und Fall aus
dem Dienst zu jagen: aber sollte sich Hans einem
Widerwilligen aufdrängen? Nach der dummen Geschichte mit der Anne war ja so nicht mehr seines
Bleibens in dem Hause, und wenn ihm schon die
Anne von Herzen leid that und er wer weiß was
darum gegeben hätte, wäre sie ihm nicht gestern

auf dem dunkeln Hausflur in die Arme gelaufen — —
das Schlimmste war doch, daß man nun die ganze
Sache, Gott weiß wie verbogen und verlogen, der
Grete zutragen würde. Was sollte die Grete nun
von ihm denken? Würde sie die Strohdecken noch
in die Ecke werfen?

Hans stöhnte so schwer, als ob der letzte Kloben,
den er eben zu den andern auf den Wagen warf,
ein paar Centner gewogen hätte. Der Schimmel
blickte sich um; in seinen schwarzen Augen hätte
man wahrscheinlich, wenn man sich nur darauf ver=
standen hätte, lesen können: Jetzt geht die abscheuliche
Fahrt bergab wieder an. Da läuft mir der schwere
Wagen immer dicht auf den Hinterbeinen, und da=
zu bekomme ich noch zu all' der Angst und Noth
die schönsten Hiebe. Aber ich habe die größte Lust,
der Sache in irgend einer Weise ein Ende zu machen.

Hans mußte den Blick des Schimmels voll=
kommen so verstanden haben, denn er sagte: Nun
sei vernünftig, Schimmel, es ist das letzte Mal,
daß wir zusammen arbeiten.

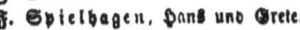

Der Schimmel nickte; aber wenn es eine be=
jahende Antwort gewesen sein sollte, so hatte er
seine guten Vorsätze in der nächsten Minute schon
vergessen; denn beim Anfahren wollte er erst gar
nicht ziehen, warf sich dann mit einem Sprunge ins
Geschirr und stieg, als der in dem durchgeweichten
Boden tief eingesunkene Wagen nicht gleich von der
Stelle wollte, so hoch, als es das Geschirr irgend
erlaubte, schlug dann, als ihn Hans' kräftiger Arm
unsanft herunterriß, hinten aus und zertrümmerte
die Querdeichsel.

Das fängt gut an, sagte Hans.

Er hatte den Schimmel nicht unnöthig durch
Schreien und Schlagen eingeschüchtert, hatte ihm
nur im rechten Augenblick einen ermuthigenden Hieb
gegeben und gerieth auch jetzt, als das Unglück ge=
schehen war, nicht weiter außer sich. Er klopfte
dem zitternden Thier auf die Schulter, sagte: He,
Schimmel, ruhig, Schimmel! und machte sich daran,
den Schaden wieder auszubessern. Das gelang ihm
denn auch nach einiger Zeit zu seiner Zufriedenheit.

Ein zweiter Versuch, den Wagen vom Fleck zu bringen, wurde gemacht, diesmal mit besserem Erfolg. Der Schimmel benahm sich ein ganz klein wenig verständiger, Hans stemmte sich mit seiner ganzen Kraft gegen das Rad; man hatte den durchgeweichten Waldboden hinter sich und gelangte auf die feste Straße.

Auf der ging es nun fort, freilich nicht, ohne daß der Schimmel seine chronische Angst vor dem hinter ihm her schurrenden Wagen an den betreffenden Stellen deutlich genug an den Tag gelegt hätte. Doch gelang es Hans, ihn immer wieder zur Ruhe zu bringen, bis sie an die Stelle gelangten, wo er gestern Abend dem Pantoffel-Claus begegnet war. Es war die schlimmste auf der ganzen Passage, nicht weit vor dem Eingang in das Dorf. Der Schimmel kannte sie sehr genau und kam plötzlich zu der Ueberzeugung, daß hier oder nirgends seine revolutionairen Entschlüsse verwirklicht werden müßten. Anstatt, wie jedes nur halbwegs verständige Pferd, sich in die Hinterbeine zu legen, um seinerseits so viel als möglich die Kraft des Hemmschuhs zu unterstützen und die Last aufzuhalten, warf er sich wie toll nach vorn ins Geschirr. Der Wagen gerieth dadurch so ins Rutschen, daß der Hemmschuh krachte; Hans, der das Unglück kommen sah, lenkte klüglich auf die Wegseite, wo er in dem niedrigen Tannengebüsch den Wagen zum Stehen zu bringen hoffen durfte, aber auch diese Absicht vereitelte das rasende Thier, indem es sich mit aller Gewalt auf die entgegenge= setzte Seite warf. Der Hemmschuh riß, der Wagen schwankte und stürzte in die Tannen, der Bolzen flog aus der Deichsel, und der Schimmel, der kaum spürte, daß er die Last hinter sich los war, eilte in gewaltigen Sprüngen bergab, die Deichsel und den Hans, der die Zügel noch immer in den Händen hielt, hinter sich her schleifend. Hans hätte die Zügel nur los zu lassen brauchen, so war er für seinen Theil gerettet, und der Schimmel mochte zu= sehen, wie er in den Stall kam; aber Hans wollte nicht loslassen; denn erstens war sein Blut mittler=

weile auch in Wallung gekommen, und zweitens
war Zehn gegen Eins zu wetten, daß der Schimmel
über die Deichsel stolpern und sich das Genick, zum
wenigsten die Beine brechen würde — zwei Fälle,
die bei einem Pferde auf dasselbe hinauskommen.
So galoppirte er denn neben dem Schimmel her;
auf dem abschüssigen Wege, das wußte er, konnte
er des Thieres nicht Herr werden; aber komme nur
erst ins Dorf, dachte er, wo es glatt fort geht, da
will ich's dir schon zeigen.

So kamen sie zwischen die ersten Häuser; der
Schimmel merkte sofort, daß der Kampf erst jetzt
beginne; seine Kraft und Schnelligkeit verdoppelnd,
stürmte er daher; schon hatten sie das Bäckerhaus
beinahe erreicht, als der Zug der Schulkinder eben aus
der Quergasse bog; noch drei Sprünge des Thieres,
und es war mitten zwischen den Kindern. Mit
einem Satz war Hans vor dem Schimmel. Ein
furchtbarer Ruck — und Pferd und Mann stürzten
krachend zu Boden, unmittelbar vor den Schul=
kindern, die heulend auseinanderstoben.

Hans raffte sich alsbald wieder auf, nicht ebenso
der Schimmel. Wenn ihm bei der rasenden Jagd
bergab die schlenkernde Deichsel schon alle Beine
wund geschlagen hatte, so war er jetzt mit dem
Kopf auf einen harten Stein gefallen und lag für
todt da, während ihm das Blut aus der tiefen
Wunde über dem Auge strömte und, sich mit den
Regenlachen vermischend, den Boden färbte.

Da kamen sie auch schon überall aus den
Häusern herbeigelaufen, Männer und Weiber, rings=
umher die Schulkinder. Ach, das arme Thier! er=
tönte aus jedem Munde; an den Hans dachte
Keiner, oder höchstens, um ihn darüber zur Rede
zu stellen, wie er „das arme Thier" so habe miß=
handeln können.

Ihr solltet mir lieber helfen, den Schimmel
wieder auf die Beine zu bringen, sagte Hans.

Keiner rührte sich, nur die Anne, die auch her=
zugelaufen war, holte in einem Zuber Wasser aus
dem nahen Brunnen und fing an, den Kopf des
Thieres damit zu überschütten. Sie weinte dabei

immerfort, blickte aber den Hans nicht ein einziges Mal an.

Du Thierschinder, Du Sackermenter! rief plötzlich eine vor Wuth heisere Stimme.

Der Bäcker hatte schon seit ein paar Stunden in der Schenke gesessen, um den Aerger, den ihm der Streit mit seinen „Weibsleuten" aufgeregt hatte, zu ertränken. Er hatte eben gehört, was geschehen war, und kam nun — in seinem mehlbetupften Anzuge, baarhäuptig — herbeigelaufen, nur daß er diesmal die Hände nicht in den Taschen hatte, sondern sie Hans vor dem Gesicht ballte und dazu immer neue Schimpfworte ausstieß, unter denen der Ausdruck „Thierschinder" mit besonderer Vorliebe wiederholt wurde.

Ich bin selbst geschunden genug, sagte Hans.

Und das war nur zu richtig. Die Kleider zerrissen, die Hände blutig — und nicht bloß von dem Blut des Schimmels — das glühende Gesicht von Schmutz bespritzt — bot er einen Anblick dar, der jeden nur einigermaßen Besonnenen viel eher mit Mitleid, als mit irgend einer anderen Regung hätte erfüllen müssen; aber einen solchen gab es in dem Haufen nicht, mit Ausnahme der Anne vielleicht, deren Stimme aber unter allen Umständen von keinem Gewicht gewesen sein würde, selbst wenn sie, was sie nicht that, dieselbe zu Hans' Gunsten erhoben hätte.

Und das passirt Dir recht, Du Schlagtodt! schrie der Bäcker und fuchtelte dem Hans von Neuem mit den Fäusten unter der Nase.

Wenn ich ein Schlagtodt bin, so nehmt Euch in Acht! sagte Hans; und übrigens habt Ihr Euch die Suppe selber eingebrockt, so mögt Ihr sie auch allein ausessen.

Dieser Vorwurf war zu gerechtfertigt, als daß er die Wuth des berauschten Herrn Heinz nicht zum Ueberkochen hätte bringen sollen. Er holte zum Schlag aus und lag, ehe sein Arm noch auf Hans herabfallen konnte, neben seinem Schimmel in der Blut= und Wasserlache.

In demselben Augenblick richtete sich der Schimmel

mit einem plötzlichen Ruck auf und stand, an allen Gliedern zitternd, da.

Nun hebt den Andern auch auf, sagte Hans, indem er durch die Menge schritt, von welcher Niemand den Muth hatte, die Hand gegen den langen Schlagtodt aufzuheben, der den dicken Bäcker Heinz mit einem Streich zu Boden bringen konnte.

VIII.

Und ein Glück für Hans war es, daß man
vor seiner Körperkraft einen so großen Respekt hatte,
er wäre sonst jedenfalls in diesen und den folgenden
Tagen persönlichen Beleidigungen und entschiedenen
Mißhandlungen nicht entgangen — zu solcher Höhe
der Feindseligkeit hatte man sich im Dorfe gegen
den armen Menschen hinaufgeschwätzt. Daß er den
Schimmel seinem Schicksal hätte überlassen können,
daß er sich mit Gefahr seines Lebens zwischen das
unsinnige Thier und die Kinder geworfen und so
das größte Unglück verhütet hatte, daß man es doch
keinem Menschen verdenken konnte, wenn er für eine
solche Handlungsweise nicht — noch dazu auf offener
Straße — geprügelt werden wollte — daran dachte

kein Mensch, wenigstens wagte es Keiner auszu=
sprechen. Der Strom der öffentlichen Meinung
war einmal gegen ihn, und man fand es bequemer
oder vortheilhafter, mit diesem Strom zu schwimmen.
Man häufte Beschuldigungen auf Beschuldigungen,
und bald war nichts so schlecht, daß man es —
natürlich nur, wenn er es nicht hören konnte —
„dem langen Schlagtodt" nachgesagt hätte. Er
war ein Mädchenjäger, ein Trunkenbold, ein Thier=
schinder, ein Tagedieb — das Letztere vermuthlich
deßhalb, weil Niemand ihn, der so plötzlich aus
der Arbeit gekommen war, wieder in Arbeit
nehmen wollte — und über allen Zweifel erhaben
galt, daß er in die Wilddiebereien, die nach des
Försters Bostelmann Aussage noch immer rüstigen
Fortgang hatten, verwickelt war, wenn er dieselben
nicht, was freilich auch von Einigen behauptet
wurde, allein vollführte.

Unterdessen hatte der so von der allgemeinen
Meinung Geächtete in jeder Hinsicht ein kümmerliches
Leben. Wie leicht er auch Alles zu nehmen ge=

wohnt war — die Ungerechtigkeit, mit der man ihn,
der sich nichts Böses bewußt war, wie einen Ver=
brecher behandelte, wurmte ihn doch. Er konnte
jetzt stundenlang — Zeit genug hatte er — auf
seiner elenden Dachkammer sitzen und bei einer
kalten Pfeife — der Tabak war ihm ausgegangen,
und er hatte kein Geld, sich neuen zu kaufen —
darüber grübeln, weßhalb die Welt nur so schlecht,
so grundschlecht sei und einen ehrlichen Kerl nicht in
Frieden lassen könne? Hundertmal an einem Tage
überlegte er, ob er jetzt, da man ihn auch in der
Fabrik — auf Veranlassung des frommen Fabrik=
Inspectors, der mit dem Pastor Quartett spielte —
zurückgewiesen hatte, nicht sein Bündel — es war
schmal genug! — schnüren und wo anders sein
Glück versuchen sollte; aber ein Blick aus dem
Fenster genügte jedesmal, ihn diese Wanderpläne
vor der Hand wieder aufgeben zu lassen.

Und doch war dieser Blick trostlos genug. Von
den Pappeln schüttelte der herbstliche Regensturm,
der ihre schlanken Wipfel hinüber und herüber bog,

die letzten braunen Blätter in den Teich. Auf den Bergen hingen die Nebel bis tief in die Landgrafen=schlucht hinab, und was von Thier und Menschen sich blicken ließ — Alles sah verregnet und ver=drießlich aus.

Aber Hans würde sich das wenig zu Gemüth genommen haben, wenn er gewußt hätte, wie es drüben in des Schulmeisters Hause stand, und vor Allem, wenn er hätte annehmen dürfen, daß es dort gut stehe. Aber wie konnte er das? Die Grete hatte er nun schon seit zwei Wochen nicht mehr ge=sehen; er wußte nicht, wie es ihr ging, ja nicht einmal, ob sie noch im Dorf war. Fragen mochte er Niemand, und wen hätte er auch fragen sollen, ohne Verdacht zu erregen? und der sonst so offene, gerade Hans, der immer mit der Thür ins Haus fiel, war jetzt scheu und mißtrauisch geworden. Endlich kam er auf den Gedanken, er solle sich an den Pantoffel=Claus wenden, von dem er ja die letzten Nachrichten über Grete erhalten hatte; aber es gelang ihm nicht, dem Claus, dessen Beschäftigung es mit sich brachte, bald hier bald dort zu sein, anzutreffen, und den Alten, der selbst in keinem besonderen Rufe stand, in seinem Häuschen aufzu= suchen, wagte er um so weniger, als ihm in dessen Gegenwart niemals recht geheuer gewesen war.

Eines Abends aber — es regnete einmal wieder in seine Giebelkammer, und der Wind strich heulend und pfeifend die Landgrafenschlucht hinab auf den Teich, der ordentliche Wellen schlug — eines Abends faßte er sich ein Herz und schlich so heimlich, als habe er das Schwerste verbrochen, aus seinem Hause an dem Teich entlang unter den sausenden Pappeln, vorüber an ein paar erbärm= lichen Hütten, die hier noch zwischen dem Teich und dem Fuß des Landgrafenberges eingeklemmt waren, in den Wald, und hielt sich im Walde links, das Dorf umkreisend, bis er auf den Steiger= Weg kam, der, als Fortsetzung der Hauptgasse des Dorfes, auf dieser Seite vom Dorf in den Wald führte. Die letzten Häuser lagen schon im Walde; das, welches der Pantoffel=Claus bewohnte, war gerade das letzte. Ein Haus konnte man's freilich fast noch weniger nennen, als die Lehmhütte, die Hans von seinem Vater geerbt hatte; es war ein ein= stöckiger winziger Bau mit einem unverhältnißmäßig hohen Ziegeldach, und war so an die Bergwand geklebt, daß man direkt aus dem Walde auf das Dach steigen konnte. Auf der andern Seite der Straße rauschte der Steiger=Bach in seinem steinigen Bett. Noch ein wenig weiter hinauf in den Wald lag eine halb zerfallene Gipsmühle, die seit ein paar Wochen Herr Repke, dessen Gehöft übrigens an der entgegengesetzten Seite vor dem Dorf lag, für ein paar Thaler gepachtet hatte. Der Besitzer war vor einiger Zeit gestorben; außer einem Sohn, der seit Jahren schon in Amerika verschollen war, gab es Niemand, der auf die Ruine hätte Anspruch machen können; so waren die Herren vom Gemeinde= rath froh, das Ding nur überhaupt an den Mann zu bringen, was sie natürlich nicht abhielt, sich über Herrn Repke lustig zu machen, der sich zu seiner nicht rentirenden Knochenmühle, seiner dürftigen

Ziegelei und lahmen Posthalterei nun auch noch die
Gipsmühle zulegte, wo in jedem Balken der Schwamm
saß. Mühle, Bach, Weg und die Hütten auf der
andern Seite — Alles war zwischen trotzige Felsen
eingeklemmt und von gewaltigen Tannen umdüstert,
die mit ihren knorrigen Wurzeln das Gestein um=
klammert hielten, oder sich in den Spalten ein=
nistend, es mit Hülfe der Nässe und des Frostes zer=
trümmert hatten. Die ganze Schlucht bot ein un=
säglich düsteres Bild, zumal an einem rauhen, reg=
nerischen November=Abend, wie der war, an welchem
Hans, aus dem Walde heraustretend, es jetzt unter
sich liegen sah.

Er stand einen Augenblick still, sich zu verge=
wissern, ob er die Richtung nicht verfehlt habe, als
ob er die nicht mit verbundenen Augen gefunden
haben würde! Da war rechts die Mühle und links
des Pantoffel=Claus' Häuschen; noch ein Sprung,
und er stand auf der Straße.

Ein Mann trat aus dem Häuschen, das seine
Thür auf dem Giebel hatte, der Hans zugekehrt

war. Der Mann stand still und schien die Straße hinauf und hinab zu blicken, dann kam er eiligen Schrittes auf dem Wege nach der Mühle dicht an der Stelle vorbei, wo Hans, er wußte selbst nicht weßhalb, sich beim Erblicken der Gestalt hinter den Stamm einer Tanne gedrückt hatte — so dicht, daß Hans sie hätte mit dem langen Arm abreichen können — und verschwand dann in der Mühle. Nach kurzer Zeit kam die Gestalt wieder heraus und wandte sich links in den Wald mit Etwas auf der Schulter, das Hans in der Dunkelheit nicht unterscheiden konnte.

Hans stand noch immer auf derselben Stelle; ihm pochte das Herz. War das nicht der Nepke? fragte er sich und antwortete dann selbst darauf: Ja, weßhalb soll es nicht der Nepke sein? Aber was hat er bei dem Claus zu suchen? Ja, weßhalb soll er nichts bei dem Claus zu suchen haben? will ich doch selber zu dem Claus. Aber freilich, der reiche Nepke und der arme Hans! 's ist sonderbar, sonderbar!

Hans beschloß, nicht zu dem Claus zu gehen; aber im nächsten Augenblick stand er vor der niedrigen Thür und klopfte. Ein wüthendes Hundegebell schallte ihm von drinnen entgegen; dazwischen rief die heisere Stimme des Alten:

Wer ist da?

Ich bin's, der Hans.

Es erfolgte keine Antwort; doch hörte Hans, wie die Hunde mit Worten und wahrscheinlich auch mit Fußtritten zur Ruhe gebracht wurden; sie heulten auf und wurden dann still. Ein Riegel ward zurückgeschoben; in der halb geöffneten Thür erschien der verhuzzelte Alte, der brummend fragte:

Was willst Du?

Ich wollte Euch sprechen.

Der Pantoffel=Claus machte die Thür noch ein wenig weiter auf; Hans duckte sich und trat ein; der Alte verriegelte die Thür wieder hinter ihm. Hans setzte sich auf eine Kiste, die ihm zunächst stand; der Alte zog mit den Fingern den Docht der qualmenden Lampe auf dem Tisch weiter heraus, ging dann an den niedrigen Heerd, wo ein Feuer aus nassen Tannenreisern unter einem eisernen Kessel schwälte, und sagte:

Schon zu Abend gegessen, Hans?

Noch nicht, sagte Hans.

In Wahrheit hatte er, außer einem Stück trockenen Brotes am Morgen, den ganzen Tag noch nichts gegessen.

Der Alte nahm den Kessel vom Feuer und goß den Inhalt in ein paar braune Töpfe, die er von einem Bört gelangt hatte. Eben daher holte er ein Schwarzbrot, ein Stück Speck, setzte Alles auf den Tisch und lud Hans mit einer Gebehrde ein, an seinem Abendbrot Theil zu nehmen. Hans rückte die Küste, auf der er saß, ein wenig heran und ließ sich das trockene Brot, den ranzigen Speck und den dünnen, verräucherten Kaffe trefflich schmecken. Die Hunde hatten sich jeder in eine andere Ecke gelegt und verwandten kein Auge von dem Gast ihres Herrn. Ein gelegentliches dumpfes

Knurren bewies, daß ihre Gemüther noch immer nicht ganz beruhigt waren.

Nu, Hans? sagte der Alte, nachdem sie eine Zeit lang schweigend gesessen hatten.

Hans würgte eben an einem großen Bissen und konnte aus diesem oder einem andern Grunde nicht gleich mit der Antwort zu Stande kommen. Endlich brachte er heraus:

Ich wollte Euch fragen, ob Ihr seitdem schon wieder Decken in des Schulmeisters Haus ge= bracht habt?

Der Pantoffel=Claus mußte dafür halten, daß die Antwort auf eine derartige Frage einer reiflichen Ueberlegung bedürfe. Er klappte sein Messer zu= sammen, schüttete die Asche aus seiner kurzen Pfeife, setzte sie an der qualmenden Lampe wieder in Brand und rauchte mehrere Minuten gerade vor sich hin. Hans hätte auch für sein Leben gern geraucht. Der Alte mußte endlich die ihm gestellte Frage nach allen Seiten erwogen haben; denn er räusperte sich und sagte, Hans scharf in die Augen blickend:

Decken nun gerade nicht; aber ein Paar Pantoffeln, Hans, extra aus der Fabrik, und das ist viel schlimmer, Hans, als Decken, viel schlimmer.

Hans fragte nicht, weßhalb Pantoffeln schlimmer seien als Decken; er wußte es nur zu gut. Ueberall auf dem Walde war es Sitte, daß der Bräutigam der Braut kurz vor der Hochzeit ein Paar Pantoffeln schenkte, als ironische Herausforderung, sich dieser Waffe bei demnächst eintretender Gelegenheit zu bedienen. Also waren Herr Körner und Grete Bräutigam und Braut. Seit wann? Was fragte Hans danach, wenn sie es waren!

Wollt Ihr mir nicht von Eurem Tabak geben? sagte er.

Er hatte sich vorher geschämt, den Alten um Tabak zu bitten; aber jetzt fühlte er sich so elend und jämmerlich, daß er sich nicht besser vorkam, als die Hunde, die ihn aus ihren Winkeln anblinzelten.

Der Alte nahm aus dem Tischkasten den Tabaksbeutel, Hans stopfte; dann saßen sie eine geraume

Zeit, rauchend, ohne ein Wort zu sprechen. Jetzt
sagte der Alte:

Nimm Dir's nicht zu Herzen, Hans! Die war
nichts für unser Einen. Sei froh, daß Du sie los
bist. Weiber machen Einem nur den Kopf warm;
hab' mich mein Lebtag nicht viel mit ihnen abgegeben.

Hans hatte eine bittere Antwort auf der Zunge,
daß der alte, schmutzige, häßliche Pantoffel=Claus
es wagte, sich und einen Kerl wie ihn in einem
Athem zu nennen; aber der Alte hatte ja Recht!
Hans seufzte tief.

Was willst Du denn nun anfangen, Hans?
fing der Alte wieder an; sie wollen Dich ja wohl
nirgends?

Ja, sagte Hans; wißt Ihr nicht was für mich?

Der Alte schien zu überlegen; er warf einen
lauernden Blick auf den jungen Mann und sagte:

Bist schon beim Repke gewesen?

Der will mich auch nicht.

Wann warst da?

Gleich als ich zurück kam.

Geh' wieder hin; er braucht Jemand für die Gipsmühle. Vielleicht nimmt er Dich.

Wenn Ihr ein gutes Wort für mich einlegtet? sagte Hans, der in der Erinnerung seiner verfehlten Versuche, Arbeit im Dorf zu erhalten, wieder sehr demüthig geworden war.

Der Alte zuckte die Achseln.

Dazu wär' ich grad' der Rechte, sagte er; so ein armer Teufel, wie ich, und so ein reicher Mann! Da soll noch's erste Wort kommen, das der zu mir gesprochen hätt'!

Hans schaute verwundert auf. Wie? Hatte er nicht eben erst den Herrn Repke aus des Claus Hause kommen sehen? Und der Alte that so fremd und hatte noch nie mit dem Repke gesprochen? Es war also eine Lüge, was der Claus eben gesagt hatte; aber Hans hütete sich wohl, das auszu= sprechen. Er sagte nur:

Es kommt mir jetzt auch nicht mehr so viel darauf an; ich hab' anderwärts noch Luft genug.

Der Alte schüttelte den Kopf.

Solltest nicht fortgehen, Hans. Bleibe im Lande und nähre Dich redlich.

Und verhungere schändlich, meint Ihr! rief Hans und lachte über seinen Witz.

Ist Deine Schuld, Hans, absolut Deine Schuld. Es verhungert Keiner, der nicht will. Bist groß und stark, einen vollen Kopf größer als Dein Vater, der auch nicht klein war; kannst zweimal, was der konnte.

Ja, was konnte denn der? sagte Hans; sich zu Tode trinken! Das kann ich freilich auch, nota bene, wenn ich Geld hab'.

Und er steckte die Hände in die Taschen und kehrte dieselben heraus und lachte abermals, als wenn es der schönste Spaß von der Welt wäre, nichts in den Taschen zu haben.

Was der konnte? sagte der Alte. Einen Hirsch waidrecht auf's Blatt schießen — das konnte er.

Hans fiel vor Schreck fast die Pfeife aus dem Munde. In dem Ton des Alten lag etwas, das seinen jahrelangen Zweifeln über diesen dunkeln

Punkt in seines Vaters Leben auf einmal ein Ende machte.

Woher wißt Ihr's denn? stammelte er.

Wir sprechen wohl noch darüber, erwiderte der Alte, und nun, Hans, mach' daß Du fortkommst; wir haben genug geschwätzt, und halt, Hans, nimm davon einen Schluck, das wird Dir gut thun unterwegs.

Er reichte Hans eine große Flasche; Hans setzte sie an den Mund; es war vortrefflicher Branntwein, so vortrefflich, wie er ihn lange nicht getrunken hatte. Hans that einen langen Zug.

Gieb mir auch, sagte der Alte, als Hans endlich absetzte.

Er trank.

Auf gute Freundschaft, Hans!

Darauf mußte ihm Hans doch Bescheid thun.

Du verstehst's, sagte der Alte; laß mir noch einen Schluck drin; ich will Dir noch eines zutrinken.

Für Euch und mich! rief Hans und lachte überlaut.

Pst! sagte der Alte, die Leute hören's ja, und dies darf Niemand hören: die Suhler Büchse von Deinem Vater, Hans!

Hans riß dem Alten die Flasche beinahe vom Munde weg.

Ja, die Büchse! die soll leben! rief er; und der Wald daneben, hurrah hoch!

Er leerte die Flasche und schmetterte sie in die Ecke, daß die Scherben umherflogen und die Hunde mit wildem Gebell aus ihren Winkeln fuhren.

Wollt ihr ruhig sein, ihr Höllenhunde! rief der Alte und trat nach ihnen; da wurden sie gleich still und verkrochen sich wieder in ihre Winkel.

Hans hatte seine Mütze auf's Ohr gedrückt und war von seiner Kiste emporgetaumelt.

Bist ein famoser alter Hallunke! rief er, dem Pantoffel=Claus auf die Schulter schlagend, daß dieser in seinen Stuhl zurückfiel. Ich möchte Dich umarmen, wenn Du nicht ein so vertrockerter, aus= gedörrter, jämmerlicher Knirps wärest. Gute Nacht, Herzensbruder! ich muß Dich doch umarmen! und

verkauf der Grete ein Paar Pantoffeln aus roth=
glühendem Eisen, darin soll sie auf ihrer Hochzeit
mit dem Teufel meinetwegen in die Hölle tanzen!

Er schwankte zur Thür hinaus und verlor, da
er sich tief bücken mußte, das Gleichgewicht, daß er
quer über die Straße bis beinahe in den Bach
hineinschoß. Dann richtete er sich aber wieder strack
auf und marschirte nach der Melodie von: „Wenn
die Büchsen, Büchsen knallen", die er sich selbst
pfiff, die Straße hinab in das Dorf. Wenn mir
doch nur Einer begegnete! Einer von den Schuften,
die mir das Leben so sauer machen, ich wollt's
ihm einträuken, daß er's sein Lebtag nicht wieder
vergäße!

So mit sich selbst redend und zwischendurch
pfeifend, singend und Paradeschritt übend, schwankte
Hans durch das Dorf. Es war schon spät nach
ländlichen Begriffen, etwa neun Uhr. Die Straße
war ganz leer, obgleich es jetzt eben nicht regnete.
Aus den niedrigen Fenstern dämmerte der Schein
der Oellämpchen und Unschlittkerzen; manchmal

kam ein Kopf an die beschlagenen Scheiben, nach dem Lärmer draußen zu sehen; dann lachte der Hans jedesmal ein lautes, höhnisches Gelächter. Vor dem Wirthshaus standen ein paar Leute zusammen; Hans rief ihnen zu, sie möchten herankommen, wenn sie keine feigen Lumpen wären. Sie liefen Hals über Kopf in die Schenke hinein; da lachte der Hans noch viel lauter und rief ihnen Schmähworte nach.

So gelangte er in seine Gasse, vorüber an seinem Hause, bis zu den Teichen. Er stand still und stierte in das schwarze Wasser, das leise an der steilen Böschung des Weges, der zwischen den Teichen hindurchführte, plätscherte. Da drin wär's gut, sagte Hans; aber sie würde nicht weinen, wenn sie mich morgen herauszögen. Sie würde froh sein, daß sie mich los ist. Nein, die Freude will ich ihr nicht machen.

Das alte Volkslied kam ihm in den Sinn von dem Mädchen, das zwei Knaben so lieb hatten.

Er konnte die Worte nicht zusammenfinden; nur zwei Verse wußte er noch:

„Der Schäfer, der thät' weinen,
Als er Abschied von ihr nahm" —

Ihm wurde so weich um's Herz; er setzte sich auf einen der Prellsteine, legte den Kopf in seine Arme auf die hölzerne Brüstung und weinte bitterlich.

Dann raffte er sich wieder auf und ging die Strecke zurück bis zu seinem Hause. Sein Rausch war verflogen, wenigstens schwankte er nicht. Er schämte sich der eben geweinten Thränen; dafür hatte ihn ein grimmiger Zorn erfaßt, der ihm die Stirn zusammenzog und ihn die starken, weißen Zähne übereinander knirschen ließ. Sein Fuß stieß an einen großen Feldstein, der von einem Wagen, welcher Fundamentsteine zu dem im Bau begriffenen neuen Schulhause herbeigeschafft hatte, heruntergefallen war. Er griff die Centnerlast mit seinen starken Händen und schleuderte sie, als wär's ein Ball, weit hinein in den großen Teich, daß das Wasser hoch aufrauschte.

So kam er an sein Haus. Er tastete sich die
steile, dunkle Treppe hinauf und fluchte — zum
ersten Mal in seinem Leben — daß sie so steil
und dunkel war. Er kam an die Thür zu seiner
Kammer. Die Thür war jetzt immer nur ange=
lehnt — es gab bei ihm nichts zu stehlen — heut
hatte sie der Wind, der nur allzu frei durch das
zerfallene Dach fuhr, zugeschlagen. Der Drücker
war herausgefallen. Hans nahm sich nicht die
Mühe, danach zu suchen. Er griff in die Spalte
und riß mit einem Ruck das Schloß aus den Nägeln.

In der Kammer war es so dunkel wie draußen.
Hans tastete nach dem Tischchen, auf das er das
Licht mit den Schwefelhölzern zu stellen pflegte. Er
konnte es nicht finden; er tastete weiter und stieß
mit dem Kopf heftig gegen die Kante des großen
Schrankes an der Wand. Verdammtes Thier! schrie
der Wüthende und führte einen gewaltigen Tritt
gegen den Schrank. Das alte, wurmstichige, von
der Sommerhitze zusammengetrocknete, von der Win=
ternässe angefaulte Möbel polterte wie ein Karten=

haus zusammen, daß die Bretter dem Hans gegen
Kopf und Schultern schlugen. Auch das noch!
knirschte er. Meinetwegen mag die ganze Welt
zum Teufel fahren!

Er wußte jetzt, wo das Tischchen stehen mußte,
und da war auch der zinnerne Leuchter, und die
Schwefelhölzer lagen in dem weit ausgebogenen
Teller. Hans riß ein halbes Dutzend zugleich an
der Wand an, entzündete die dünne Kerze, die nur
eben noch aus dem Sockel hervorragte, leuchtete
nach der andern Seite, zu sehen, was er denn
eigentlich angerichtet, und — seine Haare sträubten
sich. Das hatte ihm der Böse dahingehängt, da,
wo der Schrank gestanden — des Vaters Büchse
mit der Waidmannstasche und dem Kugelbeutel und
dem Pulverhorn! Wenn er ein Vaterunser betete,
verschwand der Spuk!

Hans wollte beten; er konnte die Worte nicht
finden; seine Zähne schlugen klappernd auf einander.

Aber da hing die Büchse noch immer; der Lauf
glitzerte in dem Schein der Kerze.

Hans lachte hohl. Dummes Zeug, sagte er, das ist kein Spuk, das ist Vaters Büchse und damit basta. Sie hat hinter dem Schrank gehangen, nein, in dem Schrank. Die Hinterwand ist ja noch da. Der Schrank hat einen doppelten Boden gehabt. Es ist ja auch wahr; er war nicht so tief, als er hätte sein müssen. Das hat der Alte gut gemacht. Da haben sie gesucht und gesucht und nichts gefunden — die Esel! Und nun gehört sie mir!

Er stellte den Leuchter bei Seite und langte mit zitternden Händen das Gewehr herab; er besah es von allen Seiten. Eine fieberhafte Lustigkeit erfaßte ihn. Er lachte vor sich hin. Gewehr auf! Gewehr ab! Gewehr auf! Bataillon soll chargiren — geladen!

Er führte den Ladestock in den Lauf. Die Ladung stak noch im Rohr.

Hans stierte vor sich hin. Wenn ich ginge und schöſſe das dem Jakob Körner in den dicken Leib,

morgen früh, durch's Fenster durch); oder wartete,
bis er hier zur Kirche vorbei muß, oder bis sie
von der Kirche zurückkommen, und schösse ihn todt
an ihrer Seite. Oder ginge hin und schösse die
Hirsche oben im Walde todt. Sie sagen ja doch
Alle, daß ich ein Wilddieb sei, und Vater ist's ge=
wesen; ich brauche nicht besser zu sein, als Vater.
Der Pantoffel = Claus wird schon wissen, wie ich's
los werde. Und dann mach' ich mir ein schweres
Geld und kaufe mir einen Hof und heirathe die
Anne, ihr zum Trotz.

Seine Gedanken fingen an sich zu verwirren.
Bald sah er die Grete vor sich stehen, bald war's
die Anne, und dann war's ein Hirsch in voller
Flucht durch die Landgrafenschlucht. Das Licht
war im Verlöschen; es ließ dem Hans nur eben
noch Zeit, die Büchse und das Zubehör in ein zer=
rissenes Tuch zu wickeln und auf dem Boden zwischen
der Bretterbekleidung — nahebei, wo die Armbrust
aus seinen Kinderjahren noch unberührt lag — zu
verstecken. Dann tappte er vorsichtig nach seiner

Kammer zurück, warf sich, wie er war, auf das
Bett und verfiel alsbald, von der ungewohnten
seelischen Aufregung mehr als von dem vorherge=
gangenen Rausch erschöpft, in tiefen Schlaf.

IX.

Sie hatten den Hans einen Tagedieb und
Bärenhäuter gescholten, als ihn der Bäcker aus dem
Dienst gejagt und Niemand sonst im Dorf ihn in
Arbeit nehmen wollte; jetzt, da er bei Ernst Repke
auf der Gipsmühle Arbeit gefunden, war es ihnen
wieder nicht recht. Zu dem Repke, hieß es, zöge
kein ehrlicher Bursch. Der Repke habe nach und
nach alle Bursche aus dem Dorfe weggeschickt oder
vielmehr weggejagt und sich dafür Leute von an=
derswoher geholt, und auch nicht einmal aus den
Nachbardörfern, sondern von so weit als möglich,
und je weiter, je besser. Der Repke, meinten sie
werde ja wohl seine Ursach dazu haben, und wenn
er mit dem Hans eine Ausnahme mache, werde er

ja auch wohl wissen, warum. Weniger technologische als phantasiereiche Gemüther brachten sogar heraus, daß die Gipsmühle der Knochenmühle die Knochen abnehme, die eher auf einen Kirchhof, als in eine Mühle gehörten, sintemalen der Gips nicht von selbst so weiß werde. Zuletzt ging Keiner mehr an der Gipsmühle vorüber, der, wenn er das aus dem Innern schallende dumpfe Stampfen hörte, nicht einen frommen Schauder empfunden und ein Stoß= gebet gemurmelt hätte.

Dem Hans selbst war es nichts weniger als geheuer bei seiner neuen Arbeit. Nur die äußerste Noth hatte ihn zu dem Repte getrieben, und nur die äußerste Noth und die fixe Idee, das Dorf nicht eher verlassen zu dürfen, als bis Alles ent= schieden sei, hielten ihn in der Mühle fest. Die Arbeit selbst war leicht genug; oft gab es tagelang gar nichts zu thun, und die Mühle stand aus Mangel an Wasser oder Material, oder weil etwas an dem, wie das ganze Gebäude, halb zerfallenen Werk schadhaft geworden war, still. An solchen

Tagen arbeitete er oben auf dem Hof in demselben Schuppen, in welchem er damals das Holz ge= spalten hatte. Auf dem Hof sah es jetzt bei dem trüben Herbstwetter gar zu melancholisch aus; noch immer ließ sich nur selten einmal ein menschliches Wesen sehen, noch immer wälzte sich die dicke schwarze Rauchsäule aus dem Schlot über den Hof, noch immer kam die alte Katze, setzte sich vor den Holz= stoß und wartete, ohne sich zu regen, auf Beute. Allmälig gewöhnte sich Hans an diese Existenz; er spaltete sein Holz ganz mechanisch und konnte, wenn er in der Mühle war, stundenlang auf einer Stelle sitzen und zusehen, wie die Stampfen sich eine nach der andern hoben und herabstießen und sich wieder hoben und wieder herabstießen: Poch! poch! poch! — poch! poch! poch! immerzu, in gräßlicher Einförmig= keit, nur daß die eine, die dritte, immer etwas stärker stieß als die anderen. Das war im An= fang eine angenehme Abwechselung gewesen; bald aber hatte sich sein Ohr daran gewöhnt, und er hörte es nicht mehr.

Sein alter Lebensmuth war ganz gebrochen; er
sang nicht mehr, er pfiff nicht mehr; er baute sich
keine Luftschlösser mehr und hatte den Glauben, an
dem er durch alle Wechselfälle seines Lebens festge=
halten hatte: daß der Hans ein flotter Bursch und
ein famoser Kerl sei, gänzlich verloren. Wenn ihm
seine militairischen Vorgesetzten hundertmal gesagt
hatten, er habe nur einen Naturfehler, der aber sei
so groß, wie er selbst: er könne das Maul nicht
halten, und wenn ihm diese Untugend wer weiß
wie viele Unannehmlichkeiten zugezogen hatte, so
war er jetzt vollständig davon kurirt. Er sprach mit
Niemand mehr, selbst nicht einmal mit dem Claus,
dem er, wenn er zur Arbeit ging oder von der
Arbeit kam, manchmal begegnete. Er sagte sich,
daß dies sehr undankbar von ihm sei, denn der Alte
war der einzige Mensch im Dorf, der ihm, seitdem
er zurück war, eine Freundlichkeit erwiesen hatte;
aber er konnte sich nicht überwinden. Er fürchtete
sich förmlich vor dem Claus und wich ihm aus, wo
es ging. Immer kam ihm wieder der Traum

jener Nacht in den Sinn, wo er des Vaters Büchse
mit dem todten Hirsch in des Claus Wagen ge=
sehen, und der Traum war ihm um so fürchterlicher
geworden, als er jetzt gar nicht mehr zweifelte, daß
der Alte in die Wilddiebereien, die noch immer, ja
zuletzt immer häufiger vorkamen und nach der Aus=
sage des Försters Bostelmann immer frecher wurden,
verwickelt sei. Hans vermuthete, daß der Claus
sich in nächtlicher Weile mit seinem Wagen an die
ihm von den Wilddieben bezeichneten Stellen begebe,
dort das Wildpret auflade und möglichst schnell an
die Abnehmer schaffe, die, der Himmel weiß wo, in
den benachbarten Dörfern oder Städtchen lauern
mochten. Das Geschäft konnte ohne Zweifel mit
um so größerer Sicherheit getrieben werden, als
man unter den Ländchen, von denen drei oder vier
auf dem Walde zusammenstießen, die Wahl hatte,
und in dem einen vor den Forstbeamten oder der
Polizei des andern so ziemlich sicher war.

Hans wußte jetzt auch, wer der Wilddieb sei,
nachdem er ein paar Mal gesehen, daß Herr Reyke

und der Claus sich begegneten, wo sie glaubten,
daß sie Niemand sah, und dann gleich die Köpfe
zusammensteckten, und ein ander Mal, wenn Leute
in der Nähe waren, thaten, als kennten sie sich nicht.
Freilich! der reiche Herr Nexte ein Wilddieb — das
war allerdings unwahrscheinlich; aber es gab auch
wieder Andere, die da meinten, der Nexte nage erst
die Knochen ab, ehe er sie in seine Mühle bringe.
Ueberdies war der sonst so rauhe und wortkarge
Herr Nexte zu ihm so freundlich und zutraulich,
und Hans meinte, da müsse der Mann doch ein
böses Gewissen haben, weil er selbst wortkarg und
unwirsch gegen die Anderen war, und doch ein gutes
Gewissen hatte. Ja, der Hans hatte ein gutes
Gewissen! Er war kein Wilddieb und wollte es nicht
werden, obgleich es ihm jetzt so leicht gemacht war!
Er hatte es der Grete geschworen, er wolle ihr die
Schande nicht anthun, und er wollte sein Wort halten,
wenn sie ihres nicht hielt und ihm das größte Herze=
leid anthat. Aber warum sollte er sagen, daß er des
Vaters Büchse gefunden? Wen ging es was an?

Als er schwur, er wisse nicht, wo sie sei, da hatte
er's nicht gewußt, und jetzt, wo er's wußte, fragte
ihn Niemand. Sollte er hingehen und es den Leuten
sagen? Daß er ein Narr wäre! Wer würde ihm
glauben, daß er den alten Versteck nicht ebenso gut
gekannt, als den neuen? Ja, da sollten sie suchen!
In dem Hause hätten sie's über kurz oder lang
doch gefunden, oder die Ratten hätten ihm das
Lederzeug zernagt; in der alten hohlen Tanne oben
im Kromwald an der Weiherwiese über der Land=
grafenschlucht, da suchte Niemand, und Ratten gab's
da nicht. Und wenn er's einmal nicht mehr aus=
halten konnte hier unten vor blutigem Herzeleid,
dann knallte es so schön da oben, die Landgrafen=
schlucht herunter, und zwischen den Tannen lag der
Hans, so lang wie er war, nur daß vielleicht ein
Stückchen vom Kopf fehlte, und die Füchse konnten
das Uebrige fressen.

Denn den Körner todt zu schießen, daran hatte
der gute Hans nicht wieder gedacht, oder doch nur,
um drei Vaterunser darauf zu beten. Das ist ja

gottloses Zeug, sagte Hans, und dummes Zeug. Ich
wollt', er finge mit mir an, ich wollte dem Schuft
die Seele aus dem Leibe prügeln; aber so hinter=
rücks, daß er vornüber auf sein dickes, dummes
Gesicht fiele und alle Viere von sich streckte . . .
Pfui, Hans! Das thätest du doch nicht; so schlag'
dir den bösen Gedanken aus dem Sinn. Mit mir
selbst — ja, das ist was Anderes! Gottlos ist's
auch, sagt der Pfarrer; aber er weiß viel, wie mir
zu Sinn ist; er steckt nicht in meiner Haut.

Hans war am letzten Sonntag in die Kirche
gegangen, zum ersten Mal, seit er wieder zu Haus
war, um mit seinen eigenen Ohren die Grete und
den Jakob Körner aufbieten zu hören. Grete war
nicht in der Kirche gewesen, und das war gut,
sonst hätt's Hans gar nicht ausgehalten; war ihm
doch, da von der Kanzel herab die Namen erschallten,
als ob das Dach der Kirche über ihm zusammen=
stürzen würde, und hatte sich so eilig davon gemacht,
daß die Leute meinten, da sehe man's ja, wie der

Gottseibeiuns seine guten Gesellen nicht im Gottes=
hause lasse, sondern an den Haaren herausziehe.

Morgen war wieder Sonntag, da wurde die
Grete am Vormittag zum dritten Mal aufgeboten,
und am Nachmittage war die Hochzeit. Als Hans
heut Mittag beim Bäckerhaus vorüberging, hatte er
die Leute mit den Kuchen sich schleppen sehen. Jakob
Körners Haus wurde schon seit ein paar Tagen
mit Tannensträuchen und Tannenkränzen geschmückt,
und der dicke Jakob stand, trotz der kalten Witterung,
in Hemdärmeln da und sah den Arbeitern zu. Eine
Musikbande war auch verschrieben und sollte heut
Abend schon kommen; Hans hatte das erfahren von
den Kindern seiner Abmietherin, die ein lebhaftes
Interesse für das Fest entwickelten, bei dem voraus=
sichtlich auch etwas für sie abfiel. Er hatte sein
letztes Geld unter sie vertheilt — es war wenig
genug — hatte der Frau die Bretter des zer=
trümmerten Schrankes geschenkt, nach welchen sie
wiederholt in ihrer zudringlichen Weise verlangt
hatte; in den Rest mögen sie sich theilen, wie sie

wollen, sagte er, als er zum letzten Mal aus der
Thür ging.

Zum letzten Mal!

Und jetzt saß er in der Gipsmühle und sah den
Stampfen zu, wie sie herauffuhren, ein paar Augen=
blicke oben still standen, um wieder herunterzufahren:
Poch! poch! poch! immer eine nach der andern:
Poch! poch! poch! Heut war die dritte wieder
lauter, als die Tage vorher, es war, als ob sie
etwas Besonderes zu sagen hätte. Hans gab genau
Acht; aber er verstand es nicht, denn immer kam
die vierte hinterher und ließ die dritte nicht ausreden;
wer konnte daraus klug werden?

Es regnete heut einmal ausnahmsweise nicht;
aber der Himmel war nichtsdestoweniger mit schweren,
dicken, schwarzen Wolken verhangen, daß in der
Mühle, in der es freilich nie sehr hell war, fast
schon Dunkelheit herrschte. Draußen gurgelte das
Wasser des Baches, welcher das Mühlrad trieb,
und drinnen sickerte es durch die Decke von dem
Regenwasser, welches sich drei Tage vorher aufge=

sammelt hatte. Vor den inwendig mit Gips be=
spritzten Fenstern schüttelten sich die ächzenden Tannen,
und die Stampfen gingen: Poch! poch! poch!

Hans stützte den Kopf in beide Hände. Wie
lange würde er das noch können? Er hatte einmal
einen Kameraden gesehen, der sich in der Kaserne
erschossen hatte. Es war kein schöner Anblick ge=
wesen. Wie macht man's denn am besten, dachte
Hans. Man wird die Büchse zwischen den Beinen
auf die Erde setzen und mit dem Fuß abdrücken;
aber ja nicht vorher stechen! Das geht sonst vor
der Zeit los und man bekommt den Schuß in die
Schulter oder wo er nicht hingehört. Also mit dem
Fuß: Eins, zwei, drei, knack! Und dann?

Ein dumpfer Krach machte Hans aus seinen
Träumereien auffahren. Die Stampfen bewegten
sich nicht mehr; die Mühle stand. Hans wußte,
was es war; ein alter Fehler, den er allein nicht
ausbessern konnte. Ueberdies war in einer halben
Stunde Feierabend. So mochte sie denn stehen

bleiben; sein Nachfolger konnte sie wieder in Gang setzen.

Hans räumte Alles bei Seite, verschloß, was zu verschließen war. Zuletzt trat er noch an die dritte Stampfe heran. Sie sah gerade so aus, wie die andern: ein starker Tannenbalken und unten ein dicker eiserner Beschlag. Sie stand auch ganz still und sagte nichts. Hans seufzte tief und verließ die Mühle.

Er schlug sich gleich über den Weg in den Wald, immer bergauf in den Tann, ohne der hierhin und dorthin sich schlängelnden Pfade zu achten, immer in der Richtung nach dem Kronwald über der Landgrafenschlucht. So wenig eilig er es hatte, hastete er doch vorwärts, als wenn er gejagt würde. Es war ihm immer, als müßte ihm oben irgendwie die Last abgenommen werden, die ihm so schwer auf der Brust lag.

Wo er jetzt stieg, standen die jungen Tannen dicht; er mußte sich oft durch die zähen Zweige Bahn brechen. Die schüttelten dann die Tropfen,

die an ihren Nadeln hingen, auf ihn nieder oder
streiften sie an seinen Händen und Kleidern ab.
Das that ihm wohl, denn seine Haut brannte; er
sehnte sich, ins Freie zu kommen; es war ihm, als
ob er ersticken sollte.

Endlich kam er, aus dem jungen Walde heraus=
tretend, schon beinahe auf der Höhe des Berges,
zu der mit großen Steinen und allerlei buschigem
Kraut bedeckten Halde, die sie die Hexenhalde
nannten und die sich ein paar hundert Schritte zu
dem Hochwald hinaufzog. Er blieb stehen und
athmete ein paar Mal tief auf. Es kam ihm in
Erinnerung, daß er einmal vor langen Jahren als
halbwüchsiger Bube mit Grete, die noch ein ganz
kleines Mädchen, bis hier hinaufgeklettert war, wo
sie zwischen den Steinen unter einer Ginsterstaude
ein Lerchennest entdeckt hatten. Er hatte die halb=
flüggen Jungen in seiner Mütze mitnehmen wollen,
aber Grete hatte an zu weinen gefangen und ge=
sagt: Thu's nicht Hans; der liebe Gott hat sie
da hingelegt, und wenn er kommt und ihnen zu

essen geben will, findet er sie nicht. Er hatte ge=
lacht, daß sie so dumm sei, aber ihr doch den
Willen gethan, und hatte von der Zeit an nie
wieder aus bloßem Muthwillen ein Nest mit jungen
Vögeln ausgenommen.

Ja, ja, sagte Hans vor sich hin; ob mich der
liebe Gott auch wohl findet, wenn ich dort oben
liege?

Er strich sich mit der Hand über Stirn und
Augen und schaute von dem Boden auf in die
Weite. Ach! es gab heut keine Weite! Ueberall
in den Schluchten und Thälern brauten die Nebel,
und die Ebene, in die man sonst von hier aus
meilenweit sehen konnte, war von einer Regenwolke
verschleiert. Da liegt dies und da liegt das, sagte
Hans und nannte alle die Dörfer und Städtchen,
deren Lage er so genau kannte, daß er sie sich oft des
Nachts auf Posten hergezählt und sich darauf gefreut
hatte, wenn er dies Alles von der Hexenhalde an
einem schönen Sommermorgen wiedersehen würde.

Er war, seitdem er heimgekehrt, nicht hierher ge=
kommen, und nun sah er nichts.

Hans schüttelte wehmüthig den Kopf; es ist
schon gerade, als sollt' es nicht sein, sagte er.

Dann ging er weiter, aber langsamer als vor=
her, und sich öfter umblickend, wie weit die Regen=
wolke unterdessen sich vorwärts geschoben hatte.
Sie kam immer mehr herauf. Die großen Tannen
vor ihm fühlten schon ihren Hauch und schüttelten
die schwarzen Häupter. Ein Gabelweih, der auf
einem der Bäume gesessen hatte und den Heran=
kommenden schon lange beobachtet haben mochte,
schwang sich auf und kreiste bald hoch über ihm.
Der hat's gut, dachte Hans.

Er trat in den sausenden Hochwald, und immer
langsamer wurde sein Schritt, je mehr er sich dem
Kamm des Berges, der sich quer durch den Wald
zog, näherte. Auf der andern Seite, nur wenig
bergab, an dem Rande der versumpften Weiher=
wiese, stand die hohle Tanne, in welcher er seine

Büchse versteckt hatte. Es war ihm jetzt, als käme er dahin noch immer zeitig genug.

Hier, wo er jetzt stand, war der höchste Punkt. Von hier aus hatte er mehr als einmal die Entfernung nach dem Dorf gemessen, wenn er sich verspätet hatte. Auf dem Fußpfade, der etwas weiter unten in einen Holzweg fiel, der wieder weiter unten in die Chaussee mündete, war es eine Stunde. Auf dem Kuhwege und hernach auf der Straße war es eine dreiviertel Stunde; quer durch den Wald über die Landgrafenschlucht nur eine halbe; aber da mußte man allerdings geschmeidige Sehnen und straffe Muskeln haben.

Hans dachte an die drei Wege, und daß für ihn keiner zurückführe. Ein armdicker dürrer Ast streckte sich ihm in den Weg; er brach ihn mit einem Ruck ab und schleuderte das Holz gegen einen starken Stamm, daß es weit erklang. Es war doch ein eigen Ding, sterben zu sollen, wenn man solche Kraft in den Armen fühlte!

Eine seltsame Empfindung bemächtigte sich seiner.

Es war ihm, als ob er von zwei Gewalten zu gleicher Zeit zurückgehalten und vorwärtsgedrängt würde; aber die Gewalt, die ihn vorwärts drängte, war doch die mächtigere. Langsam aber unwider= stehlich schob es ihn weiter und weiter. Da war die Weiherwiese, und da war der hohle Stamm. Er war so gerade darauf zugegangen, daß er sich selbst darüber verwunderte. Es ist schon, als sollte es sein, sagte er.

Der Versteck war gut gewählt. Niemand hätte es dem starken Baum, der überdies mitten zwischen anderen ebenso starken Bäumen stand, angesehen, daß er dicht über der Wurzel einen mehrere Fuß langen Riß hatte, schmal an der Außenseite, aber sich nach Innen erweiternd und vertiefend. Hans stand davor. Vielleicht hat's doch Einer gefunden, sagte er, und hat's mitgenommen, und es ist nicht mehr da.

Er athmete tief. Pfui, sagte er, Du bist ein Feigling. Hast Dir's so lange überlegt und be= dacht, und hast nun kein Herz!

Er langte hinein und zuckte ein wenig, als er den kalten Lauf berührte. Vorsichtig nahm er das Gewehr heraus. Es hatte sich gut gehalten in dem trocknen Moose, mit dem er das Versteck ausgefüttert hatte. Ein paar kleine Rostfleckchen waren auf dem schön damascirten Lauf. Das sieht aus wie Blut, sagte Hans.

Zu laden brauchte er nicht; er hatte schon neulich den alten Schuß herausgezogen und frisch geladen. Nur ein neues Zündhütchen setzte er auf, nachdem er sich überzeugt, daß das Pulver noch oben im Piston war. Er hatte von dem Vorrath ein paar zurückbehalten, die er seitdem in der Westentasche trug.

Nun wären wir ja wohl so weit, sagte Hans.

Er hatte sich am Fuß des Baumes hingesetzt und die Büchse quer über seine Kniee gelegt.

Wenn ich sie doch nur noch einmal hätte sehen können, sagte er.

Er starrte gerade vor sich weg, zwischen die Bäume durch, in die Lichtung hinein. Plötzlich wurde es ihm dunkel vor den Augen. Das ist doch wunderlich, sagte er und riß die Augen weit auf.

Da stand drüben auf der andern Seite der Lichtung, dicht neben dem Weiher, zwischen dem Stangenholz, ein starker Hirsch mit hochaufgerichtetem Haupt, über die Lichtung herüberäugend nach dem Waldrande, in welchem Hans saß. Hans hatte ihn nicht kommen hören; der Hirsch mußte sich eben aus der Suhl erhoben haben.

Hans stockte der Athem, und sein Herz fing heftig an zu schlagen. Seine rechte Hand glitt zu dem Hahn hinab. Seine Linke hob sich zu seinem Kopf und zog langsam die Militairmütze mit dem rothen Streif auf die Schulter, von der Schulter in das Moos neben sich, und legte sich dann lang= sam an die Büchse.

Der Hirsch stand noch immer in derselben Stellung; aber er konnte nichts gesehen haben, denn er senkte jetzt das mächtige Geweih und begann zu äsen.

Hans sank von der Wurzel, auf der er gesessen hatte, in die Kniee. Der Daumen lag am Hahn;

langsam in die Mittelruh! — Der Hirsch äste
ruhig weiter: noch ein leiser Druck! der Hirsch
sicherte. Hans dachte, ihm sollte das Herz springen.
Ein Satz — und der Hirsch war in den Wald zurück.

Aber da bog er den schlanken Hals wieder,
und jetzt — nein, jetzt nicht! — warten, bis er
sich noch etwas mehr nach links wendet.

Hans hob die Büchse zur Wange und visirte.
Es ging noch eben. Das Korn wurde nicht mehr
ganz deutlich in der Kimme, und fein Korn mußte
es sein bei der geringen Entfernung.

Da — daß der Blitz drein schlage! — muß
das verdammte Thier sich, anstatt nach links, nach
rechts wenden! Es hilft nichts; die paar Schritte
bis zu der großen Tanne am äußersten Rande —
von dort hab' ich ihn sicher.

Und Hans gleitet auf den Knieen, die Büchse
in der Linken, langsam, leise weiter, von einem
Stamm zum zweiten, und zum dritten, und zum
vierten, immer die Augen auf den Hirsch; nun ist
er an dem mächtigen Stamm der Tanne, die er er=

strebt; aber da er nach dem Rande der Wiese ge=
rutscht und jetzt etwas tiefer sich befindet, als vor=
her, schiebt sich das Schilf von dem Weiher gerade
zwischen ihn und den Hirsch. Er muß sich aufrich=
ten und sich nach links um den Stamm herum=
drücken; das wird den Schuß erschweren, aber es
geht nicht anders.

Jetzt!

Er hat ihn gut auf dem Korn; der Zeigefinger
bewegt sich nach dem Stecher, und von dem Stecher
zum Hahn. In dem Augenblick stampft der Hirsch
mit allen vier Läufen und ist mit einem mächtigen
Satz in den Wald zurück.

Himmeltausend, knirscht Hans und läßt die
Büchse sinken; himmeltausend Donner —

Das Wort stockt ihm im Munde. Nicht zehn
Schritte von ihm sitzt, in sich zusammengesunken,
daß der Kopf in den flachen Händen auf den Knieen
ruht, eine weibliche Gestalt, auch am Rande der
Lichtung, am Fuße eines Baumes.

Grete! schreit Hans.

Die Gestalt schreckt in die Höhe.

Grete! schreit Hans noch einmal.

Die Büchse entgleitet seiner Hand und sinkt gegen den Baum. Er streckt die Hände nach ihr aus, und da ist sie schon bei ihm und wirft sich, laut weinend, an seine Brust.

Grete, liebe Grete!

Hans, lieber Hans!

Die Grete schluchzte, als ob ihr das Herz brechen sollte; sie preßte sich wieder und wieder an ihn und küßte seinen Mund, seine Hände.

Grete, sagte Hans, den dies Uebermaß von Zärtlichkeit schier erschreckte; ja, wie kommst denn Du nur hierher?

Ich kann's nicht, und ich will's nicht, stammelte Grete. Lieber todt! Ich hab's Dir ja gesagt.

Dem Hans lief es eiskalt über den Nacken. Ein Blick von Grete seitab nach dem Weiher hatte ihm Alles erklärt.

Grete! rief er; Grete, das wolltest Du doch nicht thun?

Ich hab' Dir's ja gesagt, murmelte Grete.

Und ich leid's nicht, schrie der Hans, daß Du Dir das thust. Du willst immer gleich in's Wasser laufen, dummes Mädel! Aber ich leid's nicht! Hörst Du?

Er faßte Grete bei beiden Händen; es war keine angenehme Empfindung, wenn der Hans Einem mit aller Kraft die Hände zusammendrückte; dennoch lächelte sie; er hatte sie also doch noch lieb!

Auf einmal fiel ihr Auge auf die Büchse, die dicht neben ihnen an dem Baum stand.

Hans! schrie sie; Hans! und deutete mit zittern= der Hand auf das Gewehr.

Nun ja! sagte Hans.

Er hätte in diesem Augenblick seine rechte Hand gegeben, wenn das Gewehr, anstatt da am Baum zu stehen, tausend Klafter tief in der Erde gelegen hätte.

Was wolltest Du damit, Hans? sagte sie und sah ihn mit großen, strengen Augen an. Ich hab's immer nicht glauben wollen und immer den lieben

Gott gebeten, daß es doch nur nicht wahr sein
möge, und das sollte mein Trost im letzten Augen=
blick sein; ich —

Sie konnte nicht weiter sprechen und fing wie=
der an zu weinen, daß es dem Hans durch's Herz
schnitt. Gretchen, sagte er, liebes, bestes, einziges
Gretchen, hör' doch nur, ehe Du Dich so grausam
gebehrdest. Ich habe es ja gar nicht gewollt, ich
wollte —

Und nun erzählte er der Grete Alles, wie es
gekommen war; wie er lange gekämpft, ob er Wild=
dieb werden oder sich das Leben nehmen solle, und
wie er dann beschlossen, Greten sein Wort zu halten,
wenn sie auch das ihre nicht gehalten; und sein
Entschluß, nicht Wilddieb zu werden, und seine Ab=
sicht, sich das Leben zu nehmen, und der Hirsch,
der just in dem Augenblick dagestanden, und Gretchen,
die dann, wieder just in dem Augenblick, dagesessen —
das gab eine so gräuliche Verwirrung, daß dem
ehrlichen Burschen der Angstschweiß vor der Stirn
stand.

Dann wollen wir Beide sterben, sagte Grete plötzlich. Du schießest mich erst todt und dann Dich.

Ich kann Dich nicht todtschießen, sagte Hans; ich will mich erst todtschießen; aber dann kannst Du nicht wieder laden. Nein, Du wirst nicht damit fertig, Grete; und überdies: ich leid's nicht, daß Du Dich umbringst, und ich sag' Dir's noch ein= mal: ich leid's nicht.

Er hatte die Büchse in die linke Hand ge= nommen und hoch empor gehalten. Die Augen der Grete funkelten so seltsam; er meinte, sie könne jeden Moment zugreifen und sich ein Leibes thun.

Da fiel plötzlich ein Schuß — drüben, jenseits der Wiese. Der Hirsch, den Hans vorhin gesehen, that einen mächtigen Satz aus dem Walde her= aus, brach dann aber sofort zusammen. Gleich darauf kam ein Mann mit einer Büchse aus dem Dickicht, das weiter weg lag, und lief am Rande des Holzes hin auf die Stelle zu, wo das Thier gefallen war.

Das ist der Repke, sagte Hans, dessen falten=

scharfes Auge trotz der tiefen Dämmerung den Mann erkannt hatte.

O, du guter Gott! murmelte Grete. Und hernach sagen sie, Du hast's gethan!

Sie faßte Hans bei der Hand und lief in den Wald hinein. Hans folgte ihr; er wollte sie beruhigen, aber sie hörte nicht auf ihn; schneller und schneller lief sie, ihn krampfhaft bei der rechten Hand festhaltend, während er in der Linken die Büchse trug.

Ja, aber Grete, wo willst Du denn hin? sagte er.

Fort, fort! rief Grete. Ach, du guter, guter Gott! Sie sind gewiß hinter uns her, und nun kommst Du an den Galgen!

Da standen sie plötzlich, ehe es Hans sich versehen, an dem Rande der Landgrafenschlucht.

Grete, sagte Hans, hier hinab kannst Du nicht.

Grete hörte nicht; Hans wollte sie mit Gewalt aufhalten; unwillkürlich, wie er sie mit der Rechten fester fassen wollte, ruckte er mit der Linken; die bereits gestochene Blichse streifte an einem Strauch und der Donner krachte gegen die glatten Felsen.

O, du guter Gott! schrie Grete, vor Schreck in die Luft springend und dann mit einem Schmerzens= laut zusammenbrechend.

Hans wußte, daß sie der Schuß nicht getroffen haben konnte.

Aber, Grete, sagte er ärgerlich, wie Du Dich auch anstellst! Komm', steh' auf!

Ich kann nicht, sagte sie, nachdem sie sich ver= geblich bemüht hatte, sich aufzurichten; ich glaub' ich hab' mir den Fuß gebrochen oder vertreten; ich kann nicht.

Da wurden im Walde dumpfe Stimmen laut, Hunde schlugen an.

Wirf mich hier hinab, sagte Grete.

Dummes Zeug, sagte Hans; versuch's noch ein= mal, es wird schon gehen.

Ich kann nicht, sagte Grete; wirf mich hinab, das überleb' ich nicht!

Hans stand einen Augenblick rathlos. Dann

fuhr er, wie der Blitz so schnell, nach dem Gewehr,
knüpfte den Riemen ab, nahm aus der Tasche seiner
Blouse einen dünnen, festen Strick, band ihn an
beiden Enden mit dem Riemen zusammen, warf
ihn über die rechte Schulter und sagte:

Komm', Gretchen, nun mach's mir so leicht als
möglich. So, das ist recht — Du weißt's noch
von früher; hab' nur keine Bange; Du bist nicht
viel schwerer geworden, ich aber desto größer. Nun
sitz' nur still und lege Dich so viel als möglich auf
meine rechte Schulter. Fallen kannst Du nicht, ich
hab' den Knoten fest gemacht. Sitzest Du gut?
Na, dann kann die Reise losgehen.

Und Hans begann, mit Grete auf dem Rücken,
die Schlucht hinabzuklimmen. Für jeden Andern
wär's ein Tollhausstück gewesen, aber der Hans
konnte eben mehr als die Anderen.

Obgleich die schwarze Regenwolke aus dem Thal
jetzt bei den Bergen angekommen war und das
letzte Grau der Dämmerung rasch zu verlöschen
drohte, schritt er doch mit seiner Last so sicher von

Block zu Block, von Stein zu Stein, als wär's hellichter Tag und die verrufene Landgrafenschlucht nichts weiter als ein steiler Weg, wie hier unzählige von den Bergen in's Thal laufen. Die Büchse trug er in der Linken und stützte sich darauf, wenn's gar zu toll wurde.

Wie geht's, Grete? fragte Hans; hast Du noch viel Schmerz?

O, nein! sagte Grete.

Aber Hans hörte, wie sie manchmal leise wimmerte, auch fühlte er deutlich, wie es von Zeit zu Zeit durch ihren ganzen Körper zuckte.

Wie geht's, Grete? fragte Hans nach einer Pause wieder.

Sie antwortete nicht; ihr Kopf lag schwer auf seiner Schulter; er stand still; ihr Mund war dicht an seinem Ohr; aber er hörte und fühlte ihren Athem nicht.

Grete, sagte er noch einmal. Grete, wenn Du stirbst, werf' ich Dich unten in den Teich und mich hinterher.

Keine Antwort; dafür rief es jetzt laut vom Felsen rechts, der sich steil aus der Schlucht erhob, wohl ein fünfzig Fuß über der Stelle, wo Hans jetzt stand:

Steh', Hans, oder ich geb' Feuer!

Es war des Försters Vostelmann Stimme; Hans konnte noch eben die Gestalt, die sich jetzt für ihn in der Tiefe von dem grauen Himmel abhob, erkennen.

Schieß' du nur, dachte er, jetzt ist doch Alles einerlei.

Steh', Du Hallunke! rief der Förster noch einmal.

Nun erst recht nicht! sagte Hans bei sich und fing an, noch schneller als vorher den Abhang hinabzuklettern.

Da krachte es, daß die ganze Schlucht wiederhallte, die Kugel pfiff Hans dicht am Ohr vorüber.

Grete regte sich wieder.

Oho, sagte Hans; Gretchen, lebst Du denn noch?

Ach, Hans, ich kann's nicht mehr aushalten, wimmerte Gretchen, die aus ihrer Ohnmacht erwacht war.

Armes, gutes Ding, armes, gutes Ding! Ich will Dir den Fuß stützen; so, der ist's ja wohl? Ist's jetzt besser?

Viel.

Na, so halt' noch ein wenig aus. In einer Viertelstunde bin ich unten.

Wurde da nicht wieder geschossen, Hans?

Hans antwortete nicht; er that, als ob er keinen Athem zum Sprechen übrig hätte.

Und viel war's auch gerade nicht; denn jetzt, wo er, um Grete möglichst zu schonen, eine Haltung annehmen mußte, die ihm selbst äußerst unbequem war, fing auch seine Riesenkraft an zu erlahmen; sein Athem ging schwer, sein Herz hämmerte, der Schweiß rieselte ihm von der Stirn; der Strick, mit dem er Gretchen auf seinem Rücken festgebunden hatte, schnürte ihm die Brust zusammen und schnitt ihm in die Schulter; er biß die Zähne aufeinander. Ich halt's nicht durch, sagte er bei sich.

Da blinkte dicht unter ihm ein Schein; es war der Teich, in welchem sich ein Licht aus einem der

Häuser spiegelte. Das gab ihm neue Kraft, und da war ja auch der Bach, der dicht über dem Teich aus den Tannen kam. Ein Sprung, und drüber war der Hans. Nun auf der andern Seite fort, im Trabe auf dem weichen, wenn auch immer noch abschüssigen Wiesengrunde, dann an den Pappeln hin, am Rande des Teiches.

Da wären wir, sagte Hans; wie kommst Du nun in's Haus?

Setz' mich nur ab hier; ich schleppe mich schon hinein.

Und was willst Du sagen?

Laß mich nur machen.

Na, dann leb' wohl, Grete.

Er hatte den Strick und den Riemen losgeknüpft und Grete sanft herab auf den Rasen gleiten lassen, und kniete jetzt an ihrer Seite.

Leb' wohl, Grete, sagte er noch einmal.

Sie streckte ihre beiden Arme zu ihm empor und küßte ihn und weinte, und Hans küßte sie wieder und weinte auch.

Es fiel Licht aus dem Fenster von Gretchens Küche.

Das ist Christel, sagte Grete; ich kann sie von hier errufen; sie soll mir hineinhelfen. Nun mach' fort, Hans.

Hans küßte sie noch einmal, dann kroch er auf den Knieen fort, an dem Gärtchen hin, und hörte, wie Grete nach der Christel rief und wie Christel herauskam. Er richtete sich empor.

Nun ist's gut, sagte er und schleuderte die Büchse mit mächtigem Schwunge bis mitten in den Teich. Dann ging er unter den Pappeln hin in sein Haus, warf sich auf sein Bett und sagte: Sie werden mich nicht lange schlafen lassen; denn der Bostelmann wird schwören, ich sei's gewesen, obgleich er mich gar nicht erkannt haben kann. Aber mir ist's gleich, wenn nur morgen nichts aus der Hochzeit wird.

So lag er wohl eine halbe Stunde. Da hörte er unten im Hause Lärm; es polterte die Treppe herauf. Durch die Ritzen der Thür drang ein Licht=

schimmer in die Kammer. Die Thür wurde aufge=
stoßen. Der Förster Bostelmann und zwei Land=
jäger traten herein.

Haben wir Dich endlich, Du Hallunke, rief der
Förster und schüttelte ihn.

Nur nicht gemuckst, Kerl! schrie einer der Land=
jäger; sonst geht's Ihm schlecht!

Nu, nu, sagte Hans, sich aufrichtend, ich komme
ja schon.

X.

Es war um Pfingſten herum; Hans ſaß
ſchon ſeit einem Monat im Zuchthauſe, nachdem
ſein Prozeß den ganzen Winter und das ganze Früh-
jahr hindurch geſchwebt und der Unterſuchungs-
richter Juſtizrath Heckepfennig notoriſch graue Haare
darüber bekommen hatte! Aber ſo ein abgefeimter,
tückiſcher, verlogener, hartgeſottener Hallunke wie
der Hans war auch noch gar nicht dageweſen. Wie
lange hätte der noch ſein Weſen treiben können,
wenn der Revierförſter Voſtelmann nicht einen
Trumpf darauf geſetzt hätte, den Kerl zu erwiſchen,
und es ſo ſchlau angefangen hätte! Der Revierförſter Voſtelmann hatte die Geſchichte ſchon ſieben-
hundertmal erzählt und war bereit, ſie auf Ver-

langen noch einmal so oft zu erzählen. Bostelmann,
hatte er zu sich selbst gesagt, du kriegst ihn nicht,
es sei denn auf dem Landgrafenberg. Ueberall
sonst brennt er dir durch mit seinen langen Beinen;
da aber treibst du ihn in's Garn, d. h. an die
Schlucht, meine Herren, und da ist denn der Fuchs
gefangen! Na, so hatten wir denn schon acht
Abende hintereinander gelauert: ich, der Kreiser
Matthias, zwei Landjäger und vier Leute, die wir
zur Aushülfe mitgenommen; endlich kömmt unser
Musje vom Dorf herauf über die Hexenhalde, ganz
frank und frei, als müßt's nur so sein. Ich hatte
da nämlich Einen postirt, weil man von da den
weitesten Ueberblick hat. Im Walde war es denn
freilich, als wär' er in die Erd' geschlüpft; endlich
hörten wir ihn an der Weiherwiese Feuer geben.
Himmel Höllen, sagte ich zu Matthias, ist er
wieder da! Nämlich an der Weiherwiese hätten wir
nun keinen Posten aufgestellt, wasmaßen er dort
schon zwei Hirsche geschossen hatte; aber der ist ja
wohl noch frecher als frech. Wir also nach dem

Schuß, immer durch, und kommen denn noch eben,
als er just dem Hirsch auf's Leder kniet, um ihn
auszuweiden. Nämlich wir hätten ihn treffen können;
aber von den Hunden war einer laut geworden, da
hatte er Fersengeld gegeben. Konnte aber nur
nach der Schlucht zu sein, denn das übrige Terrain
hatten wir besetzt. Gut. Wir werden uns also
immer enger zusammenziehen, und ich freu' mich schon
auf den Augenblick, wo meine Teckel ihn verbellt
haben werden; da, Himmel Höllen, es fährt mir
noch durch die Glieder, macht er schon wieder Feuer.
Er hat sich todtgeschossen, sagt Matthias. Dummes
Zeug, sage ich; aber denken thät ich's auch. Kommen
an die Landgrafenschlucht und stehen da, wie die
Ochsen am Berge. Kein Hans nicht da. Er wird
da hinab sein, sagt der Matthias. Dummes Zeug,
sage ich; aber innerlich denken thät ich's auch;
denn wo sollte er sonst sein? obgleich's ein Heiden=
Höllen=Stück war, in die Schlucht hinabzuklettern
bei der Dunkelheit. Plötzlich schreit einer von denen
Kerls: Da ist er ja! und straf' mich Gott, als ich

recht hinsehe, klettert da Einer so ein hundert Fuß unter uns mit einem Thier auf dem Buckel. Ich dacht' im ersten Augenblick, mich sollt' Schlag und Unglück rühren. Hinter ihm her, Jungens! sage ich. Dank' schön, sagen die Hallunken, da müßt Ihr schon selber gehen. Lasse ich die Hunde los; ja, prosit Neujahr! will keine von denen Bestien da hinab. Na, da werd' ich alter Knasterbart so weit* hinabklettern, als ich menschenmöglicherweise kommen kann, und ihm zurufen, daß er stehen soll — na, und da hab' ich ihm Eins auf den Pelz gebrannt; aber wen der Böse lieb hat, den macht er kugelfest.

Diese Geschichte hatte so Hand und Fuß, daß die Winkelzüge, die der Gefangene in seinen Aus= sagen machte, dagegen wenig verschlugen. Zuerst wollte er den Hirsch auf der Weiherwiese nicht ge= schossen haben; als man aber dann seine Militair= mütze unter den Tannen auf der andern Seite fand, mußte er's wohl einräumen und that's denn auch. Dann gab er an, dicht vor der Landgrafenschlucht ein Schmalthier geschossen, und weil er erst in dem

Augenblick gemerkt, daß man ihm auf den Fersen
sei — den Hirsch habe er sich später holen
wollen — es die Landgrafenschlucht hinabgetragen
zu haben. Bis hierher war Alles ganz gut; nun
aber fing für den Justizrath Heckepfennig das Elend
an: wo war der Hans mit dem Schmalthier, wo
war er mit der Büchse geblieben? Beides konnte er
nicht ohne Helfershelfer auf die Seite geschafft
haben, vor Allem das Schmalthier nicht, und doch
behauptete der Hans steif und fest, er sei es allein
gewesen, und wo er mit dem Schmalthier und der
Büchse geblieben sei — das sage er nicht. Dabei
blieb's, und kein Zureden, kein Drohen, kein Wasser
und Brot — nichts wollte bei dem bösen Menschen
verfangen.

Das konnte nun wohl die Untersuchung auf=
halten; aber endlich muß doch Alles ein Ende
haben, und so klappte denn der Herr Justizrath die
Akten zu, voller Kummer und Herzeleid, daß er so
wenig herausgebracht hatte. Seine Durchlaucht der
Fürst nämlich — als großer Jäger vor dem Herrn

und zugleich als der am meisten Beschädigte, denn
der Kronwald und der Landgrafenberg gehörten
ihm und der Frevel hatte also auf seinem Grund
und Boden stattgefunden — hatte sich sehr lebhaft
für den Fortgang der Untersuchung interessirt und
einmal über das andere anfragen lassen, ob man
die Hallunken noch immer nicht habe? Ein Paar
Hallunken mußte man also mindestens haben, und
nun hatte man, trotz allem Kopfzerbrechen, nur
einen. Seine Durchlaucht sagte, der Justizrath sei
ein Esel, und wenn er sich nur selber hineinmischen
dürfte, er wollte es schon herausbekommen haben.
Deßhalb seufzte der Justizrath Heckepfennig so tief,
als er die Akten zuklappte und die Sache vor die
Geschworenen wies.

Die Geschworenen machten kurzen Prozeß. Die
Sache war ja so sonnenklar, und da das ganze
Dorf wie ein Mann den Angeschuldigten mit dem
bösesten Zeugniß belastete, voran der Bäcker Heinz,
der erklärte, dem Hans, der bei ihm in Dienst ge=
standen, jede Schlechtigkeit zuzutrauen; da der Schulze

Eisbein versicherte, er hätte es ja immer gesagt
und der Apfel falle nicht weit vom Stamm; da der
Pantoffel=Claus aussagte, daß er dem Hans zu den
ungewöhnlichsten Zeiten im Walde begegnet sei,
und endlich Herr Repke, bei dem der Angeklagte
zuletzt gedient, beschwor, daß er den Hans, der ein
sehr unregelmäßiger Arbeiter und fast immer betrunken gewesen, von Anfang an in Verdacht gehabt und aus seinem Dienst entlassen habe, wofür
ihm der schlechte Mensch zu guterletzt das Mühlen-
werk beschädigt und einen namhaften Schaden zuge-
fügt — da diese Berge von Anschuldigungen, Ver-
dächtigungen und bösem Leumund über dem Unglücklichen sich aufthürmten, so mußte er wohl
darunter zusammenbrechen, so groß und stark er war.
Drei Jahre Zuchthaus und als Nachkur fünf Jahre
polizeiliche Aufsicht und Verlust der bürgerlichen
Ehrenrechte — das war das Wenigste, was einem
solchen Hallunken zukam, sagten die Geschworenen,
als sie fertig waren, und gingen nach Hause,
Mittag zu essen; der Hans aber durfte fahren,

wenn auch nicht nach Hause, sondern vorläufig in's
Zuchthaus.

Während dieser ganzen Zeit hatte es in dem
Hause des Schulmeisters Selbitz bös genug aus=
gesehen. Der alte Herr hatte schier toll werden
mögen, als er am Abend vor der Hochzeit aus seinem
Quartett nach Hause gehen wollte und ihm schon
unterwegs ein halbes Dutzend Gevatterinnen entgegen=
kamen und heulend erzählten, zu Hause liege die
Grete und sie habe sich in der Dunkelheit am Teich
beim Wasserschöpfen das Bein gebrochen. War das
nicht, um sich die letzten Haare auszuraufen? Erst
hatte er sich fast den Schlag an den Hals geärgert,
bis die Grete endlich Ja sagte, und jetzt that sie
ihm gar den Tort und brach sich am Abend vor
der Hochzeit das Bein! Es war Alles Lug und
Trug, und er wolle sie bald wieder auf die Beine
bringen; aber der alte Doktor aus Schwarzensebach,
der gerade im Dorf gewesen und gleich gerufen war,
sagte, er solle das Maul halten und nicht so läster=
liche Reden führen, die sich überdies für einen

Schullehrer und Cantor gar nicht schickten. Das Bein sei gebrochen, und damit basta, und wenn er das Mädel nicht in Ruhe ließe und nicht pflege, wie es sich für einen Vater und Christen schicke, so werde er mit ihm, dem Doktor Eckhart, zu thun bekommen, und der Schulmeister wisse wohl, daß der Doktor Eckhart mit sich nicht spaßen lasse.

Da hatte denn der Herr Selbitz klein beigeben und dem Herrn Jakob Körner sagen lassen müssen, daß vorläufig aus der Hochzeit nichts werden könne; aber es sollte noch schlimmer kommen. Denn Grete verfiel nicht nur in ein Wund=, sondern in ein richtiges Nervenfieber, das viel schlimmer war, als der Beinbruch, der unterdessen ganz ruhig heilte, und als das Nervenfieber ausgeras't hatte, blieb sie in einer solchen körperlichen Schwäche und geistigen Niedergeschlagenheit, daß es ein Herzeleid war, sie nur anzusehen. So ging es den ganzen Winter und auch den ersten Theil des Frühjahrs hindurch. Dann wurde es sichtlich besser mit ihr; aber sie sprach kein Wort, und wenn der Vater es wagte, ihr in's Gewissen zu reden, wie er's nannte, dann sah sie ihn mit so großen wunderlichen Augen an, daß ihm ganz angst und bange wurde und er seinen breitkrämpigen Hut von der Wand nahm und zum Herrn Pfarrer ging, dem sein Herzeleid zu klagen. Der Herr Pfarrer kam denn auch alsbald; aber die Grete machte es mit ihm gerade so, wie mit dem Vater, und blickte ihn nur immer so groß und wunderlich an, daß der geistliche Herr zuletzt vor lauter Verlegenheit seine blaue Brille abnahm und wieder aufsetzte und zum Hause hinausging und nicht wiederkam.

Der Einzige, mit dem sie sprach, aber immer nur, wenn sie sich ganz allein mit ihm befand, war der alte Doktor Eckhart. Dem sagte sie, der Hans sei unschuldig, und sie wolle es beweisen, aber erst müßte sie der Herr Doktor gesund machen, oder doch wenigstens so gesund, daß sie ein paar Meilen weit gehen könne, denn sonst helfe Alles nichts. Der gute Doktor wußte erst nicht recht, was er aus diesen Reden machen solle, und meinte, weil sie immer wieder darauf zurückkam, es sei eine fixe Idee, die von der Krankheit sitzen geblieben; aber nach und nach kam die Grete weiter mit ihrem Plan heraus, der sich vor anderen Plänen durch seine große Einfachheit auszeichnete und so war: die Grete wollte zur Frau Fürstin, die eine so gute Dame sei, und ihr Alles erzählen; dann sollte es die Frau Fürstin dem Herrn Fürsten erzählen, und der Herr Fürst, der ein so guter Herr sei, würde dann sofort den Hans aus dem Gefängniß lassen und dafür die Anderen hineinstecken, die den Hans hineingebracht.

Der gute Doktor lächelte, wie wenn ihm seine Kinder die Geschichte von Frieder und Katerliesdien erzählten, oder die andere von dem Fischer, der von dem Butt verlangte, daß der Butt ihn zum lieben Gott mache; aber Grete blieb dabei: so, und so allein ginge es, und der Doktor dachte zuletzt: hilft es nicht, so schadet's nichts, und manchmal schlagen ja auch Schäfermittel an, wo wir mit unserer Wissenschaft am Rande sind. Und da Doktor Ed-

hart ein Mann war, der, wenn er Ja gesagt hatte,
auch Amen sagte, so ging er alsbald auf den Plan
Grete's mit einem Eifer ein, als ob derselbe in
seinem eigenen Kopfe entsprungen wäre. Die eine
Prämisse Grete's, daß die Frau Fürstin eine gute
Dame sei, war nun schon richtig, und der Leibarzt
der Frau Fürstin, der Geheime Sanitätsrath
Stelzenbach, war ein Universitätsfreund vom Doktor
Eckhart, und würde dem alten Verbindungsbruder
schon den Gefallen thun. Nun konnte freilich der
Geheime Sanitätsrath Stelzenbach eine so schwierige
Aufgabe gar nicht einmal in Angriff zu nehmen
wagen, ohne sich vorher die Erlaubniß dazu von
der Lieblings=Kammerfrau der Fürstin eingeholt zu
haben; aber hier wollte das Glück, daß Frau
Schneefuß einen Bruder hatte, der gern Bahnhofs=
Inspektor auf der Hauptstation der neuen Eisenbahn
geworden wäre — ein Posten, der zu vergeben
ganz in der Hand von Doktor Eckharts Schwager,
dem Eisenbahn=Direktor Schneller, lag. Eine Schwie=
rigkeit blieb dann freilich noch immer, insofern, als

Frau Schneefuß sich einer Reprimande von Seiten
der Frau Oberhofmeisterin, Baronin von Adlers=
kron, ausgesetzt haben würde, falls sie bei dieser
Dame nicht nachgefragt hätte, ob Excellenz in dem
betreffenden Falle nicht gnädigst durch die Finger
sehen wolle.   Indessen auch diese letzte Schwierigkeit
wurde gehoben, da der Vetter des Eisenbahn=
Direktors, der Banquier Moser, der von dem un=
ermüdlichen Doktor Eckhart, seinem Hausarzt, eben=
falls ins Vertrauen gezogen war, gerade in diesen
Tagen Gelegenheit hatte, Excellenz eine namhafte
Gefälligkeit zu erweisen, und mit jener weltmännischen
Liebenswürdigkeit, die diesen Finanzmann auszeichnete,
sich von der Frau Baronin nun jene bewußte kleine
Gefälligkeit als Provision ausbat.

So war denn, nachdem ein paar Wochen lang
ein halbes oder ganzes Dutzend Fäden vorsichtig
angezogen und geschürzt waren, Alles in Ordnung,
bis auf eine passende Gelegenheit, die sich denn auch
alsbald einstellte.   Der Fürst bezog in diesem Jahre
ausnahmsweise früh das ein paar Büchsenschüsse

vor den Thüren der Residenz gelegene Sommerpalais Bellevue, und hier, wo die Strenge der Hofetiquette, dem einfachen Sinn der Frau Fürstin und der ländlichen Umgebung zu Liebe, erfahrungsmäßig wesentlich gelockert wurde, konnte das so sorgfältig einstudirte Stück ohne große Schwierigkeit in Scene gesetzt werden. An einem wunderschönen Nachmittage holte der Doktor selbst in seinem eigenen Wagen Grete zu einer Konsultation mit den Stadtärzten, wie er sagte, und setzte sie, wie verabredet, Punkt sechs Uhr — das war um die Zeit, wenn das Diner der Herrschaften beendet war — an dem Parkthor ab.

Weißt Du nun auch Alles, was Du sagen willst, liebes Kind? fragte der Doktor.

Ja, sagte Grete und sah den Doktor mit ruhig klaren Augen an.

Na, dann geh' mit Gott, Kind, sagte der Doktor; wenn der und Du es wißt, brauche ich mir ja nicht darüber den Kopf zu zerbrechen.

Grete hatte nämlich, außer daß Haus unschuldig

sei, kein Wort gesagt, und der Doktor wußte also
so wenig, wie irgend ein Mensch, was die Grete
nun eigentlich vorbringen würde.

Es sollte es aber auch Keiner wissen, nur die
Frau Fürstin, und die sollt' es dem Herrn Fürsten
sagen. Das war Grete's einfaches Programm, und
mit dem und ihrem kindlichen Vertrauen zu der
guten Frau Fürstin, die es dem Herrn Fürsten
sagen sollte, ausgerüstet, imponirte ihr der stattliche
Lakai (ein Neffe der Frau Kammerfrau Schneefuß),
der sie an dem Parkpförtchen empfing und durch
den Park nach dem Schloß führte, so wenig, daß
der Herr Lakai sich auch nicht die geringste kleine
Freiheit gegen das hübsche blasse Mädchen heraus=
zunehmen wagte. Selbst Frau Schneefuß, die doch
gewiß eine imposante Erscheinung war — viel im=
posanter als die Frau Fürstin selbst — war er=
staunt, ja indignirt, als die Kleine auf ihre Frage,
ob sie sich fürchte, erwiderte: Nein; weßhalb sollte
ich mich fürchten? Frau Schneefuß erzählte hernach,
so was sei ihr in ihrem Leben noch nicht vorge=

kommen und sie habe sich förmlich ein Gewissen daraus gemacht, als sie der frechen kleinen Person die Thür zu dem Zimmer der Fürstin geöffnet habe.

Und da stand nun Grete in dem Zimmer der Frau Fürstin, die am Fenster, das auf den Park hinausging, saß, mit einem Buche in der Hand, welches sie alsbald aus der Hand legte und nachdem sie, ihre Augen aufhebend, die Eingeführte eine kurze Zeit prüfend angeblickt, sagte:

Laß uns allein, liebe Schneefuß. Nun komm' näher, liebes Kind. Du siehst blaß und angegriffen aus; setze Dich dahin auf den Stuhl, und nun erzähle mir Alles, was Du von der unglücklichen Geschichte weißt.

Die Augen der hohen Frau waren so sanft und ihre Stimme war so mild; Grete liefen die Thränen über die Backen, aber nur aus schierer Dankbarkeit gegen Gott, daß es doch Alles gerade so war, wie sie es von ihm erbeten hatte, und als sie sich die Augen ausgewischt, erhob sie ihre eigenen frommen Augen und ihre zitternde Stimme und er=

zählte nun der hohen Frau Alles, was sie wußte,
Alles, was sie auf dem Herzen hatte, von Anfang
bis zu Ende, und da war kein Wort zu viel und
keines zu wenig, daß der Fürstin war, als lese sie
eine Dorfgeschichte, von Meisterhand geschrieben,
und dabei klang Alles so treu und gut, daß die
hohe Frau sich ein paar Mal nach dem Fenster
wandte, scheinbar, um an den Blumen zu riechen,
eigentlich aber nur, die Thränen zu verbergen, die
ihr in die Augen gekommen waren.

Als Grete zu Ende war, sagte die Fürstin:

Und Du möchtest nun, liebes Kind, daß ich das
dem Fürsten sage; nicht wahr?

Ach ja, sagte Grete.

Und der soll Deinen Hans freilassen; nicht wahr?

Ach ja, sagte Grete.

Die hohe Frau war aufgestanden und ging ein
paar Mal auf und ab. Sie hatte ihrem Gemahl
schon von dem Besuch erzählt, der ihr nach der
Tafel zugedacht war, und der Fürst war sehr un=
willig gewesen, daß sie sich auf so etwas eingelassen.

Er habe sich schon genug über die Geschichte geär=
gert und über den Esel von Untersuchungsrichter,
der nichts herausbekommen hätte, als den einen
Burschen, der leicht nicht der Schlimmste gewesen
sei; denn es werde in dem Revier nach wie vor
gewilddiebt, nur, daß es die Hallunken jetzt wo
möglich noch schlauer anfingen, als zuvor. Thue,
was Du willst, hatte er zuletzt gesagt, aber laß
mich aus dem Spiel.

Was sollte sie thun? Sie war vollkommen über=
zeugt, daß das Mädchen ihr die lautere Wahrheit
gesagt, und diese Ueberzeugung gab ihr ·Muth.
Wie — dachte sie, während ihre Augen auf dem
Mädchen ruhten, das jetzt wieder so still und
bleich dastand und ihr, wie sie so auf und ab schritt,
immerfort mit ängstlich harrenden und doch zugleich
so vertrauensvollen Blicken folgte — wie, dieses
arme Kind vom Dorf überwindet alle Schwierig=
keiten und kommt zu dir und spricht zu dir mit herz=
erschütternder Beredsamkeit, und du solltest nicht einen
Weg zum Fürsten und Worte für ihn finden, der

so gutmüthig ist, wenn er sich auch von seiner
Heftigkeit einmal zu weit hinreißen läßt?

Bleibe hier, mein Kind, sagte die hohe Frau;
setze Dich ruhig da wieder hin und warte, bis ich
zurückkomme.

Die Fürstin hatte nicht weit zum Kabinet des
Fürsten, das in derselben Front, wie das ihre lag,
nur daß von hier eine in vielen Stufen abfallende
Terrassentreppe in den Parkgarten zu dem großen
Springbrunnen hinabstieg. Zwischen die Bäume
des Parkes hindurch, ja, da das Schloß sehr hoch
lag, über die Wipfel fort, sah man in die reiche
Landschaft, die im vollsten Schmuck des Frühlings
prangte, hinüber bis zu den Bergen, deren blaue
Kette den Horizont einrahmte.

Der Fürst, nachdem er die Herren, die zu dem
Diner befohlen gewesen waren, entlassen, rauchte,
in einem Easy-chair schaukelnd, seine geliebte Cigarre,
die er auch, da seine Gemahlin ihm neben manchen
anderen Freiheiten auch vollkommene Rauchfreiheit
gestattete, bei ihrem Eintritt nicht bei Seite legte.

Nun, sagte er, sich erhebend, was hast Du herausgebracht?

Daß der Mann unschuldig ist, sagte die Fürstin.

Eine schöne Neuigkeit! rief der Fürst, ärgerlich lachend. Das ist ja mehr, als der Kerl selbst von sich behauptet!

Und das ist es gerade, was den Mann würdig macht, daß wir uns seiner annehmen. Er hat allerdings die Wahrheit nicht gesagt, aber doch nur um des Mädchens willen nicht. Es ist ein merk= würdiger Fall, und Du mußt mir schon die Liebe erweisen, und mich ein paar Minuten geduldig an= hören.

Geduld war gerade nicht des Fürsten stärkste Seite; er verbeugte sich aber galant und zündete sich eine neue Cigarre an.

Du siehst, sagte er, ironisch lächelnd, ich mache mich auf eine lange Geschichte gefaßt, trotzdem in einer halben Stunde der Wagen zum Theater vor= fahren wird.

Die Berger singt Dir die große Arie im ersten

Akt nie zu Dank, so kannst Du mir es Dank wissen, daß ich Dir die Qual erspare, erwiderte die Fürstin, ebenfalls lächelnd, und erzählte dann ihrem Gemahl, was sie eben gehört, während sie mit ihm auf der Terrasse auf und nieder schritt.

Der Fürst war anfangs ein wenig zerstreut; bald aber fing die Geschichte doch an, ihn zu in=teressiren.

Ja, und was verlangst Du nun von mir? fragte er, als die Fürstin zu Ende war.

Daß Du eine neue Untersuchung anordnest.

Das kann ich nicht.

Dann begnadige ihn.

Das will ich nicht.

Warum nicht, lieber Karl?

Weil einmal ein Exempel statuirt werden muß.

Auch wenn der Unschuldige statt des Schuldigen leidet?

Der Fürst zuckte ungeduldig die Achseln und sagte:

Wer in aller Welt bürgt Dir dafür, daß das Mädchen Dir nicht einen Roman aufgebunden hat?

Ihre guten, ehrlichen Augen.

Das wäre!

Und dann gibt es ja ein einfaches Mittel, ihre Wahrhaftigkeit auf die Probe zu stellen. Laß Dir den Mann kommen und —

Der Fürst blickte seine Gemahlin starr an.

Wen? sagte er mit Betonung.

Die hohe Frau fühlte, daß sie etwas Unmögliches verlangt habe; sie wußte sich nicht mehr zu helfen, und dabei dachte sie an das arme Mädchen, das da ein paar Zimmer entfernt gläubig harrend saß, und ihre Augen füllten sich mit Thränen.

Der Fürst ging ein paar Mal auf und nieder. Dann blieb er vor seiner Gemahlin stehen und sagte in milderem Tone:

Gesetzt auch, ich thäte Dir den Gefallen, so unerhört die Sache ist, so müßte ich ja den Menschen begnadigen, selbst wenn ich mich überzeugen sollte, daß man Dich belogen hat; ich kann ihn doch nicht von hier aus wieder in's Zuchthaus schicken!

Die Fürstin antwortete nicht.

Nun, wie Du willst, sagte er.

Er ging in sein Kabinet zurück, schrieb ein paar Zeilen auf ein Blatt Papier, klingelte seinem Kammerdiener, gab dem Manne noch einige Instruktionen, rief, als derselbe sich entfernte, noch hinter ihm her: Aber in einem verschlossenen Wagen! — und kehrte dann zu seiner Gemahlin zurück.

Sie ergriff seine Hand und führte sie an ihre Lippen.

Nun will ich aber auch das Mädchen sehen, sagte Se. Durchlaucht, den diese zarte Huldigung seiner Großmuth in die beste Laune versetzt hatte.

Wie Du willst, lieber Karl.

Man ließ Grete kommen.

Grete trat so ruhig in den goldstrahlenden Salon, als sie vorhin in das viel einfachere Zimmer der Fürstin getreten war. Was galten ihr der kunstreiche Plafond, das spiegelglatte Parquet, die kostbaren Spiegel, Marmor=Vasen, Gemälde? Sie hatte nur Augen für den Hoffnungsstrahl, den sie aus den milden Augen der Fürstin deutlich leuchten sah. Ihre blassen Wangen rötheten sich, aber sie fragte nicht unbescheiden; es mußte ja kommen, und bis es kam, antwortete sie geduldig auf alle Fragen, die ihr der Fürst vorlegte.

Seine Durchlaucht war ein Kenner der Frauen= schönheit, und er sagte zu sich selbst, einmal über das andere, während er vor Grete stand und sie ausfragte und sein Auge über die zierliche Gestalt lief und immer wieder an ihren schönen dunklen, von dunklen Wimpern umschleierten Augen hangen blieb: ist das ein hübsches Mädchen! Und als nach einer halben Stunde der Kammerdiener meldete, daß der Wagen aus der Stadt zurück sei, sagte Seine Durchlaucht so ärgerlich: Soll warten! — gerade als ob er in der interessantesten Konversation gestört wäre.

Er besann sich und sagte dann auf französisch zu seiner Gemahlin, die während des langen Ver= hörs heiter lächelnd dagesessen und nur dann und wann ein Wort hineingeredet hatte, wenn der Fürst gar zu weit von der Sache abzuschweifen schien:

Ich denke, mein Liebe, wir lassen die Kleine abtreten, bis wir uns mit ihrem Galan verständigt haben.

Wie Du willst, sagte die Fürstin, und dann zu Grete: Geh' einmal da hinein, liebes Kind, und setze Dich an's Fenster; Du sollst nicht so lange warten, als vorhin.

Grete ging und blickte dabei, so lange sie konnte, der Fürstin in die milden Augen.

Großer Gott, sagte die hohe Frau, es durch= schaudert mich, wenn ich bedenke, was wir diesen Leuten sind!

Nur keine Sentimentalität, meine Liebe, sagte der Fürst, wenigstens nicht dem Burschen gegen= über! Es scheint, daß der nicht aus weichem Holze ist.

Er winkte dem Kammerdiener zu sich.

Ist er da?

Im Vorzimmer, Durchlaucht.

Wie sieht er aus?

Desperat, Durchlaucht.

Wer hat ihn eskortirt?

Zwei Mann von der Zuchthauswache, Durchlaucht.

Im Vorzimmer?

Zu Befehl, Durchlaucht.

Sollen da bleiben!

Zu Befehl.

Eintreten lassen!

Zu Befehl, Durchlaucht.

Der geschmeidige Mann entfernte sich geräusch= losen Schrittes, öffnete die Thür zum Vorzimmer und winkte. Gleich darauf trat Hans herein und blieb an der Thür stehen, die alsbald hinter ihm geschlossen wurde.

Man hatte Hans in aller Eile seine Zuchthaus= jacke aus= und seine Blouse wieder angezogen; nur das kurz geschnittene Haar erinnerte noch an den Ort, von dem er kam. Selbst die Blässe, mit der das Gefängniß seine Bewohner malt, hatten Arbeiten in freier Luft, zu denen man den starken Mann vorzugsweise verwandt hatte, wieder verwischt. Er

sah so braun und kühn aus, wie nur je. Hans
wußte, was sich schickte; er hatte vor hohen und
höchsten Herrschaften Schildwacht gestanden, und mehr
als Einer hatte sich mit dem Hünen in Ge=
spräch eingelassen. So stand er denn kerzengerade
an der Thür in vorschriftsmäßiger Haltung, die
Militärmütze, die man ihm auch wiedergegeben hatte,
an dem rechten Schenkel. Er wußte nicht, was dies
Alles zu bedeuten hatte; aber Durchlaucht würde ihn
ja schon fragen, und so stand er denn und wartete,
was Durchlaucht ihn zu fragen haben würde.

Der Tausend! sagte Seine Durchlaucht, aber
nicht zu Hans, sondern zu seiner Gemahlin. Dann
wandte er sich zu Hans und kommandirte: Sechs
Schritt vor! Halt! Du hast gedient?

Zu Befehl, Durchlaucht.

Wo?

Zweites Garde=Regiment, erste Kompagnie.

Das hat man davon! sagte der Fürst zu seiner
Gemahlin.

Die Fürstin mußte diesen politischen Stoßseufzer

verstehen, aber sie antwortete nur mit einem freund=
lichen Achselzucken.

Der Fürst sah wieder Hans an.

Du bist zu drei Jahr Zuchthaus verurtheilt?

Zu Befehl, Durchlaucht.

Und möchtest natürlich gern wieder heraus. Das
kannst Du haben, wenn Du mir Deine Complicen,
ich meine die Anderen, mit denen Du gewilddiebt
hast, nennst.

Da werde ich wohl drin bleiben müssen, Durch=
laucht.

Liegt Dir so wenig daran, herauszukommen?

Nein; aber, Durchlaucht, wenn ich ein Wild=
dieb bin, bin ich doch kein Angeber, und dann,
Durchlaucht, habe ich gedacht —

Nun, was hast Du gedacht? Sprich frei heraus.

Ich habe gedacht: wenn du der Herr Unter=
suchungsrichter wärest, so brauchte man dich nicht
mit der Nase drauf zu stoßen, wie es mehr als zu
oft geschehen ist, und du wolltest schon ohne das
finden, wo der Has' im Pfeffer liegt.

Ganz, was ich gesagt habe, sagte der Fürst zu seiner Gemahlin, indem er sich in seiner lebhaften Weise zu dieser wandte: der Heckepfennig ist ein Esel.

Ja, das ist er, sagte Hans.

Der Fürst biß sich auf die Lippe, die Fürstin beugte sich und strich ihre Robe glatt.

Kurz und gut, sagte der Fürst, ich will Dich begnadigen; aber die Wahrheit muß heraus, so weit sie Dich selbst betrifft. Du hast in der Untersuchung anfänglich behauptet, den ersten Schuß nicht gethan zu haben, hast's später freilich widerrufen —

Ja, Durchlaucht, und lustig genug war's, daß sie's glaubten! Von der Stelle aus, wo sie die Mütze fanden, konnte ich gar nicht geschossen haben; der Schuß mußte ja von der andern Seite gekommen sein. Ich wette, Durchlaucht hätten das gleich herausgebracht.

Lassen wir also den ersten Schuß, sagte der Fürst, dem dieser Appell an seine allbekannte Waidmannskunst sehr wohlgethan hatte; wie war's aber

mit dem zweiten? Wo ist das Schmalthier geblieben, das Du an der Landgrafenschlucht geschossen
hast, und wo Deine Büchse?

Hans sah sehr verlegen aus; dann blitzte es
aus seinen grauen Augen und er sagte:

Da Durchlaucht mich doch nun einmal begna-
digt hat —

Noch nicht, guter Freund.

Doch, Durchlaucht! Durchlaucht würden nicht
lachen, und Durchlaucht, die Frau Fürstin da würde
nicht so freundlich drein schauen, wenn Sie einen
armen Teufel, der heut' seit sechs Monaten zum
ersten Mal wieder honettes Zeug trägt, wieder in
die graue Jacke stecken lassen wollten. Und darum
kann ich's auch sagen, wo ich die Büchse gelassen
habe: in unserm Teich liegt sie, mitten drin, und
da hätte sie Jeder gleich gesucht, der nicht auf den
Kopf gefallen ist.

Gut. Und das Schmalthier?

In Hans' braunem Gesicht zuckte es wunderlich.

Das kann ich nicht sagen, murmelte er.

Auch nicht, wenn ich Dich — sonst wieder in's
Loch schicke?

Hans sah starr vor sich hin, durch die offene
Fensterthür in die blauen Berge. Aus seinen großen
grauen Augen rannen zwei Thränen über die brau=
nen Wangen.

Auch dann nicht, sagte er leise und fest.

Mein Gemahl! sagte die Fürstin und hob bit=
tend beide Hände empor.

Nun denn, rief der Fürst, so will ich Dir's
zeigen, Dein Schmalthier.

Er riß die Thür zum Nebenzimmer auf.

Komm' herein! rief er.

Grete trat in den Salon.

Hans, schrie sie, mein Hans!

Sie wollte auf Hans zustürzen; aber plötzlich
wandte sie sich, fiel vor der Fürstin nieder und be=
deckte ihre Hände, ihr Gewand mit Küssen leiden=
schaftlicher Dankbarkeit.

Hans rührte sich nicht. Er hatte bloß, als
Grete eintrat, Augen links genommen; aber seine

breite Bruſt hob und ſenkte ſich, als wolle ſie ein eiſern Band ſprengen. Sein ganzer Körper zitterte; ein Kind hätte den gewaltigen Mann umſtoßen können.

Die Fürſtin hob das Mädchen auf.

Komm', Karl, ſagte ſie auf Franzöſiſch zum Fürſten, ich möchte Dir gern etwas ſagen.

Sie nahm ihren Gemahl am Arm und führte ihn auf die Terraſſe hinaus.

Wir müſſen nun auch weiter für ſie ſorgen, ſagte ſie.

Wenn Du nur ſorgen kannſt! erwiderte der Fürſt, der in der glücklichſten Laune war.

Die Förſterei auf dem Nonnenkopf, Karl! Du wollteſt einen tüchtigen Mann für den wichtigen Poſten. Tüchtig iſt er gewiß.

O gewiß, unglaublich tüchtig, ſagte der Fürſt.

Und dann, Karl, wir kommen öfter auf den ſchönen Berg, der, wie Du weißt, einer meiner Lieblingspunkte iſt. Da würde es mich freuen, einer hübſchen Frau Förſterin zu begegnen; und Dich doch auch?

Nun, natürlich! sagte der Fürst. Für die Aus=
stattung wirst Du ja wohl sorgen?

Das werde ich; und nun laß uns die Leutchen
wegschicken. Wir müssen wirklich in's Theater.

Sie traten in den Salon. Hans stand wieder
da in militärischer Haltung, aber nicht mehr
ganz auf dem alten Platz; Grete hatte die Augen
niedergeschlagen und sah gar nicht mehr bleich aus.

Wie bist Du hereingekommen, mein Kind? fragte
die Fürstin.

Durch den Park, sagte Grete, und sagte auch,
daß der Wagen von dem guten Doktor jetzt gewiß
längst wieder da sei, sie abzuholen.

Dann geh' gleich hier die Treppe hinab, damit
Dir die Leute nicht Alle in die verweinten Augen
sehen. Und fahre ruhig in Dein Dorf zurück und
sage nichts, bis Du weiter von mir hörst. Adieu,
mein Kind.

Grete wollte ihr noch einmal zu Füßen fallen;
sie wehrte es freundlich ab.

Du kannst sie hinausbegleiten, sagte der Fürst

zu Hans, den die Worte der Fürstin einigermaßen
beunruhigt zu haben schienen. Du bleibst aber in
der Stadt und meldest Dich morgen in meiner
Kanzlei. Und nun macht, daß Ihr fortkommt.

Hans ließ sich das nicht zweimal sagen. Er
machte sofort links um und marschirte zur Glas=
thür hinaus, wo er mit Grete zusammentraf.

Sie stiegen zusammen die Terrasse hinab, ohne
ein Wort miteinander zu sprechen, ohne sich anzu=
fassen, als ruhten tausend Augen auf ihnen. So
gingen sie auch stumm nebeneinander über die glatt
geharkten Wege um den Rasenplatz, in dessen Mitte
der große Springbrunnen in dem Marmorbassin
plätscherte. Als sie aber zwischen die Fliederbosquets
kamen, wo von dem Schlosse nichts mehr zu sehen
war, blickten sie sich Beide zu gleicher Zeit um und
lagen sich im nächsten Augenblick in den Armen.

Hans, lieber Hans!

Grete, liebe Grete!

www.ingramcontent.com/pod-product-compliance
Lightning Source LLC
Chambersburg PA
CBHW030811020726
47499CB00006B/1864